23.03





btb
Aus Freude am Lesen

btb

Buch

Jeanie ist Dienstmädchen bei Doktor March. Und der hat vier Söhne – Vierlinge, die einander zum Verwechseln ähnlich sehen. Eines Tages macht Jeanie eine schauerliche Entdeckung: Sie stößt auf ein verstecktes Tagebuch, das anscheinend einem der Brüder gehört, und Seite für Seite offenbaren sich ihr ungeheuerliche Mordtaten des Verfassers, die bis in die Gegenwart reichen. Aber welcher der vier Söhne ist das Ungeheuer? Jeanie beschließt, ihre Entdeckung geheimzuhalten und der Fährte des Mörders zu folgen, indem sie weiterhin die Aufzeichnungen liest. Doch da hat sie ihren unbekannten Gegenspieler unterschätzt: Denn als dieser bemerkt, daß sie von seinen grausamen Bekenntnissen weiß, beginnt er, ein makabres Spiel mit ihr zu treiben. Er führt sie bezüglich seiner Identität auf falsche Fährten, gibt ihr wohldosierte Hinweise auf geplante Taten und droht ihr schließlich, sie umzubringen – und das mit präziser Terminangabe...

Autorin

Brigitte Aubert, 1956 geboren, zählt zu den profiliertesten Krimiautorinnen Frankreichs. Sie schreibt neben Romanen auch Drehbücher und ist Produzentin der erfolgreichen »Série noire«, einer Koproduktion von Gallimard und dem französischen Fernsehen TF 1. 1996 wurde Brigitte Aubert mit dem Französischen Krimipreis ausgezeichnet.

Von Brigitte Aubert liegt bereits bei btb vor:

Im Dunkel der Wälder. Roman (72163)

Brigitte Aubert

# Die vier Söhne des Doktor March

Roman

*Aus dem Französischen von*
*Susanne Staatsmann*



btb

Die französische Originalausgabe erschien 1992 unter dem Titel
»Les quatre fils du Docteur March« bei Éditions du Seuil, Paris

Umwelthinweis:
Alle bedruckten Materialien dieses Taschenbuches
sind chlorfrei und umweltschonend.

btb Taschenbücher erscheinen im Goldmann Verlag,
einem Unternehmen der Verlagsgruppe Bertelsmann.

2. Auflage
Deutsche Erstveröffentlichung Dezember 1997

Umschlaggestaltung: Design Team München
Umschlagfoto: Ernst Wrba
Satz: IBV Satz- und Datentechnik GmbH, Berlin
CN · Herstellung: Augustin Wiesbeck
Made in Germany
ISBN 3-442-72240-3

# 1 Eröffnung

## *Tagebuch des Mörders*

Das erste Mal... Nein, zuerst möchte ich Ihnen guten Tag sagen. Guten Tag, liebe Freunde. Liebe neue Freunde. Guten Tag, liebes geheimes Tagebuch. Guten Tag, liebes geheimes Ich, das heute beschließt, sein Leben und das seiner Familie zu erzählen.

Vor allem habe ich Lust, über eines zu sprechen: »Dies.«

Das erste Mal, ich war... unnötig, ein genaues Alter anzugeben, sagen wir, ich war ein Kind. Ein nettes, kleines Kind. Auch sie war ein Kind. Sie trug ein Kleid, ein rotes Kleid aus Nylon, und das Rot war leuchtend und schön. Ich wußte, daß es lodernd brennen würde, Nylon, wie eine Fackel.

Als ich ihr Kleid anzündete, schrie sie, dann brannte sie. Ich sah sie an, bis sie völlig verbrannt war. Sie war ganz mit Blasen überdeckt, und ihre Augen quollen aus dem Kopf. Ich erinnere mich sehr gut daran, obwohl ich noch ganz klein war. Aber ich habe schon immer ein hervorragendes Gedächtnis gehabt.

Ich genoß es, sie brennen zu sehen. Ich wußte, daß sie sterben würde. Ich genoß das. Ich genieße das. Den Tod bringen. Den Tod.

Das war das erste Mal. Danach kam Mama und nahm mich in ihre Arme. Mama liebt uns alle sehr. Sie ist sehr nett, sehr sanft. Sie weinte. Ich fragte mich, ob sie weint, weil sie es weiß.

Ich wollte Mama nicht weh tun.

Ich löste mich aus ihren Armen, die klebrig vom Schweiß waren. Ich ging weg, während sie stehenblieb und weinte. Dann kam ich mit den anderen zurück. Mama saß auf dem Boden und weinte immer noch. Sie sagte nichts. Sie sagte auch dann nichts, als ich wieder damit anfing.

Ich habe Lust, es zu sagen. Ich habe die ganze Zeit Lust, es zu sagen. Ich habe mehrere Male wieder damit angefangen. Es macht mir noch genausoviel Vergnügen, weißt du, mein geheimes Tagebuch, es macht mir noch genausoviel Vergnügen zu töten. Sie sagen, daß es weh tut. Daß es schlecht ist, weh zu tun. Was verstehen sie schon davon? Es ist gut, weh zu tun. Es ist sehr gut, ich liebe es.

Jedenfalls kann ich mich nicht beherrschen, ich muß es tun. Nicht weil ich verrückt bin. Sondern weil ich Lust dazu habe: Es macht mich unglücklich, mich zurückzuhalten. Ich muß es tun.

Aber ich muß auch vorsichtig sein. Weil ich jetzt groß bin. Sie würden mich verhaften. Mama könnte sie nicht daran hindern. Vor allem, weil sie alt und debil geworden ist.

Ich lache, weil ich mir vorstelle, daß jemand meine Aufzeichnungen lesen könnte. Ich verstecke sie gut. Aber es gibt immer Schnüffler. Ich werde sie ordentlich foppen. Achtung, Schnüffler, seht euch vor, der Feind belauert euch. Ich bin nicht so dumm, ich schreibe nur, wenn ich ganz allein bin. Und ich werde mich nicht beschreiben. Meinen Namen sagen und so. Nein, keinerlei Erkennungszeichen. Ich bin wie eine Leiche, die man in einem Wandschrank verstecken muß.

Ich weiß, daß es gefährlich ist, alles aufzuschreiben. Aber ich habe Lust dazu. Ich will das alles nicht mehr für mich behalten, und außerdem... habe ich auch Lust, von uns zu reden, von unserer Familie.

Mich identifizieren... das könnten sie nicht.

Ich kann mit niemandem sprechen. Das ist normal, denn ich bin niemand. Memoiren von Niemand, das ist zum Lachen, so was als Titel.

In unserer Familie gibt es vier Kinder. Vier Jungs. Papa ist Arzt. Wir, das sind Clark, Jack, Mark und Stark. Es war Mama, die sich einen Spaß daraus gemacht hatte, uns so zu nennen. Wir sehen uns sehr ähnlich. Das ist normal, denn wir sind sozusagen Vierlinge. Ja, wir sind alle am gleichen Tag geboren. Damals standen wir in allen Zeitungen auf der ersten Seite. Vier hübsche Knaben. Wir sind kräftig, dunkel, gelockt, mit großen Händen. Wir sehen Papa ähnlich. Mama ist klein: Sie hat rosige Haut, häßliches braunes Haar, das sie obendrein künstlich blondiert, und blaue Augen. Wie Papa. Wir haben alle blaue Augen. Wir sind eine einheitliche Familie.

Wer aus dem Rahmen fällt, den erwischen sie, das weiß ich. Ich töte irgend jemanden, irgendwie. Ich bin kein Psychopath. Was zählt, ist, daß sie sterben. Wenn sie sterben, muß ich mich beherrschen, um nicht vor Freude zu glucksen, um nicht vor Vergnügen zu schreien. Ich zittere. Ich muß nur daran denken, dann zittern meine Finger, wie jetzt.

Clark möchte Medizin studieren. Jack ist auf dem Konservatorium. Mark ist Referendar bei einem Anwalt. Stark bereitet sein Diplom in Elektrotechnik vor.

Und ich, ich bin einer von ihnen.

Und meine Hände sind voller Blut.

Das amüsiert mich. Genau das ist es, was mich amüsiert.

Es ist wie ein Spiel. Suchen Sie den Fehler. Ich bin eine sehr, sehr gute Kopie.

Clark ist Mitglied der Fußballmannschaft der medizinischen Fakultät. Er ist sehr kräftig, roh, stämmig, ein richtiger Stier. Jack liebt ausschließlich sein Klavier, er ist schüchtern und verträumt. Mark dagegen ist ruhig und ernst. Eigenwillig. Er will Jurist werden, er scherzt nicht gerne. Stark schließlich ist überdreht. Aufbrausend, chaotisch, zerstreut. Ein launischer Mensch. Er arbeitet an elektronischen Schaltungen, Computerzeug.

Jeder von uns hat sein Zimmer. Jeder von uns hat seine Angewohnheiten. Seine Verrücktheiten. Und wenn Mama uns anschaut, scheint sie uns alle gleichermaßen zu lieben. Ich mag sie gern, Mama. Jedenfalls glaube ich es. Lieben ist nicht so wichtig.

Die Zeit vergeht schnell. Ich muß das wegräumen, verstecken. Mal sehen. Ach, ja! Papa wird gleich zurückkommen: Es ist 19 Uhr 42. Ich glaube, es hat mir gutgetan, mit dir zu sprechen, kleines Tagebuch. Ich fühle mich ruhiger.

*Jeanies Tagebuch*

Unmöglich, ich kann es nicht glauben. Ich denke wieder an diese Aufzeichnungen, es bringt mich völlig durcheinander.

Ich bin ganz allein in meinem Zimmer, alle sind im Bett. Es kam, weil ich ihr Zimmer aufgeräumt habe. Sie war unten und hat ferngesehen. Ich wollte den Mantel anprobieren. Das ist albern, einverstanden, aber einen Pelzmantel zu haben, wenn man nicht ausgeht, das ist idiotisch, nicht wahr? Und sie, sie geht seit ihrem Anfall überhaupt nicht mehr aus. Deshalb haben sie auch eine Haushälterin gebraucht, weil sie sich nicht anstrengen darf. Der Mantel, der stand mir gut, ein wenig klein. Ein wenig kurz. Ich zog ihn aus und sah nach, ob man den Saum rauslassen könnte. Ich weiß, daß das dumm war, weil er mir nicht gehört. Es war gedankenlos. Irgendwas steckte im Saum. Ich schaute nach. Es war das. Diese Abscheulichkeit. Ich habe alles genau an seinen Platz zurückgeräumt. Wenn ihm auffällt, daß es jemand berührt hat...

Ich ging wieder nach unten. Sie waren alle da. Monsieur Samuel hat mich gebeten, Brandy zu bringen. Wieviel der davon trinken kann! Sie, sie lachte ganz allein vor sich hin beim Stricken. Ich glaube, sie hat eine kleine Macke. Die vier sahen fern. Es war schrecklich, das zu wissen und sie gelassen vor dem Fernseher sitzen zu sehen. Was soll ich tun?

Ich werde mich rauswerfen lassen, das ist es, was ich tun werde. Wenn ich mich in etwas einmische, das mich gar nichts angeht. Trotzdem, man muß etwas tun. Aber jemanden der Polente ausliefern. Das kann ich nicht. Man kann das nicht, wenn man zwei Jahre im Knast gesessen hat.

Elender Saukerl, Kotzbrocken! Ich habe einen Riesenschiß. Er wird merken, daß ich sein Geheimnis entdeckt habe, und wird mich töten. Er wird mich bei lebendigem Leib verbrennen, mich in die Wäscheschleuder stecken, ich habe die Tür abgeschlossen. Zum Glück kümmern sie sich nicht viel um mich. Ich höre Schritte. Falscher Alarm. Ich muß nachdenken. Zuerst rauskriegen, wer er ist. Nein. Nein. Die Augen verschließen. Mich um nichts mehr kümmern. Es laufen lassen. Was ich nicht weiß, macht mich nicht heiß.

Aber ich kann nicht einfach so abwarten, ohne etwas zu tun. Warum bin ich nur in dieses miese Kaff gekommen? Gut, ich konnte dort nicht bleiben, nach allem, was geschehen war. Ich habe wirklich kein Glück. Vielleicht wenn ich dem Doktor dieses »Tagebuch« zeigen würde. Er würde entscheiden, mich rauszuwerfen, um mir zu zeigen, was passiert, wenn ich meine Nase in ihre schmutzige Wäsche stecke. Ich gehe schlafen.

*Tagebuch des Mörders*

Heute werde ich über Jack sprechen. Jack ist sanft und ein wenig schweigsam, er hat einen Silberblick. Er wird immerzu rot. Er denkt viel an Mädchen, aber er wagt nicht, sie anzusprechen. Er hat keine Freunde. Verschwiegen, verschlossen, verklemmt. Ein gutes Profil für einen Mörder. Es ist an Ihnen, zu urteilen. Er komponiert Melodien. Traurige. Er ist nett zu Mama. Und zu Jeanie (das ist die Haushälterin). Ein anständiges Mädchen, glaube ich. Sie trinkt ein bißchen zuviel. Aber sie ist gefällig.

Ich beherrsche mich schon seit einiger Zeit. Ich glaube, ich habe Lust. Ich fühle es kommen. Ich muß jemanden finden. Ich hatte gerade an Jeanie gedacht. Aber das ist zu nah. Ich will kein Mißtrauen erwecken. Nicht so dumm. Ich muß jemanden finden. Und zwar schnell. Aber wen? Jack ist 1 Meter 95 groß. Er ist dünn, mit ziemlich langen Haaren. Er trägt farbige Tücher und hat immer ein Buch unter dem Arm. Als er klein war, nannte man ihn »das Mädchen«, aber er ist trotzdem ein kräftiger Kerl. Wir sind alle kräftige Kerle. Soviel also über Jack.

(Ich bin unruhig.) Auch Clark seinerseits ist natürlich sehr groß. Da er sehr muskulös ist, wirkt er wie ein Riese. Er spricht laut, bewegt sich viel, schlägt schnell zu. Er ist alles andere als verklemmt, das bestimmt nicht! Aber man weiß vorher nie, was ihn reizt. Ich stelle mir vor, daß, sollte ein kleiner Naseweis eines Tages meine Aufzeichnungen lesen, er sich den Kopf zerbrechen würde, aber niemals die Wahrheit wissen könnte.

»Ich bin ein Mörder, kein Idiot.« Ich mag diesen Satz.

Mama faselt immer häufiger. Ihre Tabletten machen sie völlig stumpf. Papa ist ständig zerstreut. Wie Stark. Stark, der Gelehrte. Ich spreche gerne über uns. Ich denke gerne an uns. Ich denke gerne an einen von uns. Güt versteckt, lächelnd. Freundlich. Mörderisch. Das sage ich mir gern: mörderisch. Mama möchte, daß wir Tante Ruth besuchen. Das ist ziemlich weit weg von hier. Unterwegs finde ich vielleicht etwas, womit ich mich amüsieren kann.

*Jeanies Tagebuch*

Sie sind heute morgen sehr früh gegangen. Sie essen bei ihrer Tante.

Ich bin ins Zimmer der Alten hinaufgegangen, habe den Mantel durchsucht und gelesen, daß er versuchen wird, es unterwegs zu tun. Die Alte singt in der Badewanne leise vor sich hin. Ich lausche, um sicherzugehen, daß alles in Ordnung ist. Man weiß ja nie. Arme Frau. Nicht wie Mutter Ficks. Die alte Schlampe. Mit der ganzen Knete, die überall herumlag. Dieses ganze Geld, ausgebreitet vor meiner Nase. Ich bin ja schließlich nicht aus Holz!

Man müßte ihre Fahrt unterbrechen. Der Doktor kommt heute abend nicht zurück. Er geht zu einer Dichterlesung. Eine Dichterlesung! Nun ja, das ist seine Sache. Die Jungs haben angerufen, daß sie erst morgen zurückkommen, sie machen eine Pause, weil es in Strömen regnet. Im Moment müssen sie in der Nähe von Demburry sein. Sicherlich halten sie dort an, um etwas zu essen.

O mein Gott, mein Gott! Es ist unmöglich, man muß etwas unternehmen! Obwohl ich mir immer wieder sage, daß es wahr ist, kann ich es nicht glauben. Es kann nicht Jack sein, er ist so liebenswert. Und der dicke Clark ist zu grobschlächtig, zu einfach. Obwohl das nichts besagt: Michèle war zwar einfach, hat aber dennoch ihre drei Kinder erwürgt.

Sicher ist jedenfalls, daß er krank ist.

Gezwungenermaßen ist er nett, gezwungenermaßen. Aber die Augen. Wieso sieht man das nicht, wenn er einen anschaut? Ich wage nicht mehr, den Jungs in die Augen zu blicken, ich habe Angst, daß dieser Verrückte an meinem Blick errät, daß ich etwas weiß. Aber trotzdem. Trotzdem, trotzdem werde ich diejenige sein, die den Verstand verliert. Wenn ich daran denke, daß ich mit einem netten Jungen, einem netten Typ, Tausende von Kilometern von hier entfernt leben könnte. Ich bin jung, ich bin hübsch, was bringt mich dazu, meine Zeit in einer Mördergrube zu verplempern? Es gelingt mir nicht mal mehr zu scherzen. Das nervt mich. Ich darf einfach nicht mehr daran denken, das ist alles.

*Tagebuch des Mörders*

Es ist getan. Es ist gut. Ich habe es getan.

Ich erinnere mich ganz gut, vom Anfang bis zum Ende. Gestern abend haben wir in Demburry Pause gemacht. Es regnete in Strömen. Wir waren hundemüde. Wir drehten zum Schlafen die Sitze runter und gingen zum Abendessen. Dort war ein Mädchen. Hübsch. Ganz allein. Ganz allein an einem Tisch. Wir scherzten. Clark lud sie ein, sich uns anzuschließen. Das Mädchen lehnte ab. Sie gefiel mir gut. Sie war anziehend. Stark sagte irgendwann, daß es nicht mehr regne.

Wir gingen. Wir legten uns hin. Wenig später schliefen alle. Einer von uns stand vorsichtig auf. Ganz vorsichtig.

Ich ging in eine Telefonzelle. Ich verlangte den Drugstore. Ich sah das Mädchen durch die Scheibe.

Sie aß einen Hot dog. Der Chef rief sie ans Telefon. Ich lud sie ein, mit mir etwas trinken zu gehen. Sie fragte, wer ich sei. Ich sagte es ihr. Sie fragte, von wo aus ich anriefe. Ich sagte ihr auch das. Sie blickte durch die Scheibe und lachte. Ich hatte gewonnen.

Sie bezahlte und ging, ich wartete an der Straßenecke auf sie. Es hatte wieder angefangen zu regnen. Sehr stark. Wir rannten. Wir suchten Schutz unter einem Portal. Einem dunklen Portal. Sie sind ruhig am Abend, die kleinen Dörfer. Niemand auf der Straße.

Ich nahm den Schraubenzieher aus meiner Tasche, schob ihn unter meinen Blouson und umarmte sie, wir streichelten uns ein wenig, ich hatte Gänsehaut. Sie berührte meinen …, sie berührte mich mit ihrer regennassen Hand, ich stieß ihr den Schraubenzieher in den Bauch, bis zum Griff. Ich drückte ihren Mund an meine Schulter, ich fühlte ihre Zähne, ihr ganzer Körper wurde steif, ich hielt sie gut fest. Ihre Hand verkrampfte sich auf mir, das war angenehm. Ich kam in ihrer Hand, und dann starb sie. Ich ließ sie los.

Sie fiel hin. Ich schlug meinen Kragen wieder hoch. Ich wischte den Schraubenzieher an ihrem Rock ab. Ich ging. Ich kehrte zum Kombi zurück. Einer von den anderen fragte: »Was ist los?« Ich antwortete: »Ich war pinkeln.« Es war stockdunkel. Heute morgen fuhren wir, und jetzt sind wir wieder hier, zu Hause.

Ich bin ganz fröhlich.

Ich beeile mich, die Zeitungen zu lesen, um den Fortgang der Untersuchung zu verfolgen! Gar nicht so dumm. Sie werden nichts finden. Ich habe den Schraubenzieher weggeworfen. Ich bin rein. Neu. Ein richtiger Klosterschüler.

Mama muß etwas gespürt haben. Sie hat mich angesehen und geseufzt. Arme Mama. Ich liebe sie. Ein bißchen.

Jeanie war auch seltsam. Vielleicht war sie betrunken. Sie war im Gefängnis. Sie glaubt, daß niemand Bescheid weiß, aber ich, ich weiß es. Und ich weiß noch andere Dinge von ihr. Einmal, als sie sich alleine glaubte (Papa hatte Mama zum Herzspezialisten gebracht, ich war hier, im Zimmer von Mama, und schaute ihre Kleider an), hörte ich sie telefonieren. Sie sagte, daß sie sich verstecken müsse. Sie hatte Angst vor der Polizei. Sie sprach von einer Madame Ficks, einer »Schlampe mit einem Haufen Geld«. Sie beschwor die Person am anderen Ende der Leitung, ihr vor allem weder zu schreiben noch sonstwas. Ich nehme an, sie hatte getrunken. Ich habe nachgedacht. Ich glaube, sie ist eine Diebin. Übrigens überwache ich sie, ohne mir etwas anmerken zu lassen. Wir mögen hier keine Diebe.

Aber heute bin ich zu zufrieden, um streng zu sein. Gäbe es auch noch Pommes frites zum Abendessen, wäre heute der schönste Tag in meinem Leben. Ich umarme euch alle, ihr Dummköpfe, die ihr dies niemals lesen werdet.

*Jeanies Tagebuch*

Er hat es getan. Er hat es wirklich getan.

Sie haben alle ordentlich zugelangt. Ich hatte Hühnchen mit Pommes frites zubereitet. Die Alte hatte mir das aufgetragen. Sie. Es war deshalb, für ihn, für ihr Ungeheuer! Sie weiß, wer er ist, und sie liebt ihn, sie verhätschelt ihn. Er schlitzt Mädchen den Bauch auf, und sie macht ihm Pommes frites!

Oh, mein Gott, wenn du nichts zu tun hast, dann laß sie sterben! Alle vier. Bei einem Brand. Ich werde die Bude hier anzünden. Ich glaube, ich hatte noch nie soviel Schiß wie in dem Moment, als ich meinen Namen in den Aufzeichnungen dieses Irren las. Ein Irrer, der mich überwacht, weil ich eine Diebin bin. Und er... nein, es ist aber auch verrückt!

Ich muß zur Polizei gehen. Ich werde ihnen von dem Mord erzählen. Sie werden eine Untersuchung anstellen. Über sie. Über mich. Sie werden mich in Sicherheit bringen. Ins Kittchen. Für zwei oder drei Jahre. In Anbetracht der Tatsache, daß man mit Wiederholungstätern nicht zimperlich umgeht, vielleicht sogar mehr. Ganz ruhig. Ich bin in der Klemme. Das ist es, was mir zu schaffen macht: Ich bin in der Klemme. Was wird er jetzt tun? Wie viele wird er noch umlegen?

Jedesmal wenn ich nach oben gehe, schlägt mein Herz wie verrückt. Ich bilde mir ein, daß er mir auf den Fersen ist, daß er die Arme hebt, ich drehe mich um, das Messer bohrt sich in meinen Hals, und ich sehe in seine irren Augen. Die Augen von Clark oder Mark oder Stark oder Jack. Die Augen des Pommes frites-Fans. Fan von Pommes frites, das ist ja eine Spur.

Ich überlege. Schade, daß sie sich so ähnlich sehen.

Clark mag Pommes frites. Da bin ich jedenfalls sicher: Jedesmal stibitzt er in der Küche welche. Übrigens stibitzen sie alle aus dem Kühlschrank, sobald ich mich umgedreht habe, als ob sie sich nicht schon bei Tisch vollfressen würden! Kaum ist man vom Einkaufen zurück, kann man schon wieder anfangen. Und wer wirft morgens wohl die leeren Milchflaschen und Müslischachteln weg? Bravo, Sie haben es erraten.

Wo war ich stehengeblieben? Pommes frites, Jack hat zweimal, nein dreimal genommen. Er stopft sich den Mund ganz voll damit, mit Ketchup. Danach schaut er verträumt, wie jemand, der über ein Konzertstück im Dreiachteltakt meditiert, dabei schlägt er sich nur den Bauch voll! Stark hat gesagt: »Prima, Pommes!« Er hat mit den Fingerknöcheln geknackst und seine Mutter umarmt. Um ihr zu danken? Mark war viel reservierter. Aber er hat auch nachgenommen. Und er hat Wein getrunken. Normalerweise trinkt er nicht. Vielleicht weil er alles versteckt, seine Vorlieben und so? Vielleicht spielt er die ganze Zeit eine Rolle, für den Fall, daß... Er hat Wein getrunken. Um was zu feiern? Der Doktor war zufrieden, ausnahmsweise. Er lachte. Die muß gut gewesen sein, die Dichterlesung gestern!

Drecksbande. Ich habe Lust, etwas Starkes zu trinken. Aber ich habe Angst, runterzugehen. Ich bin sicher, daß er nachts überall herumschleicht, mit dreckigen Phantasien im Kopf und in den Händen. Das läßt mich erschauern. Wie gern würde ich jetzt ein wenig Gin trinken!

### *Tagebuch des Mörders*

Ich langweile mich. In den Zeitungen spricht man nicht mehr von dem Mädchen. Da wir Ferien haben, sind wir alle hier und hängen rum. Wir verbringen unsere Ferien immer alle zusammen, wie eine einträchtige Familie. Mama ist zufrieden, sie singt vor sich hin, strickt, lächelt mich traurig an.

Papa ist nie da. Clark vermutet, daß er eine Geliebte hat. Mark sieht bedrückt aus. Er ist prüde, Mark. Jack spielt Klavier und schreibt Chansons. Stark ist die ganze Zeit in seinem Zimmer und bastelt. Wir sind brav. Wir sehen fern. Jeanie sagt, Fernsehen macht dumm. Sie riskiert jedenfalls nichts, wenn sie es tut.

Jack hat Papa erzählt, daß wir an dem Mordabend in Demburry waren. Clark sagte ja, und daß wir Glück hatten, schließlich hätten wir diesem Verrückten auch über den Weg laufen können. Stark meinte, daß wir das Mädchen in der Bar gesehen hätten, und Mark fügte hinzu, daß sie sehr verführerisch war. Wir waren alle betroffen. Ich lachte innerlich. Ich schaute sie alle an, mit ihren Verlegenheitsmienen, und lachte.

Aber wer war ich? Wer war ich?

Viel Spaß beim Suchen, dreckige Schnüffler! Strengt euch ruhig an, ihr werdet es doch nie wissen.

*Jeanies Tagebuch*

Es würde reichen, diese Notizen zu nehmen und zum Kommissariat zu gehen. Das ist einfach. Oh, Jeanie, Jeanie, du bist nichts weiter als ein Angsthase, ein Waschlappen, eine Kriminelle!

Ich trinke im Moment zuviel, ich muß aufhören. Zumal dieser Gin aus dem Sonderangebot scheußlich schmeckt.

Sie sind alle zu Hause und lümmeln vor dem verfluchten Fernseher rum! Das sind keine normalen Vierlinge, sondern siamesische! Immer kleben sie zusammen, Gören, die demnächst achtzehn werden! Mir immer auf den Fersen, um irgendwo aufzutauchen, wo man nicht mit ihnen rechnet. Habe ich das Gefühl, einen rechts zu sehen, dann taucht er links auf. Jedesmal zucke ich zusammen. Sie strickt. Der Doktor hat viel Arbeit. Wenn er nach Hause kommt, ist er mürrisch, er möchte essen. Ich habe wahnsinnig viel Arbeit im Moment. Sie wollen immerzu irgend etwas, und der Doktor hat gesagt, er findet, daß die Brandyflasche schnell leer wird. Ich muß mich ein bißchen zurückhalten.

Diese Geschichte geht mir die ganze Zeit im Kopf herum. Das macht mich verrückt. Aber was tut die Polizei? Was für ein unfähiger Haufen! Gerade gut genug, arme Mädchen in den Knast zu bringen! Das mit dem Schraubenzieher sollte ich auch mal machen. Alle abmurksen und dann ihren Zaster klauen. Aber ich rede Unsinn.

Ich muß dieses Heft verstecken. Man weiß ja nie, ob er hier herumschnüffelt. Es wäre einfacher, überhaupt nicht zu schreiben, aber ich kann das alles nicht für mich behalten. Die Dinge werden klarer, wenn man sie aufschreibt. Dort in der Zelle, mit Martha, haben wir alles aufgeschrieben, was uns passierte, wie die Zeit verging und das alles. Die Dinge klären. Was ich tun muß, das ist nachdenken, immer wieder lesen, was ich geschrieben habe, Schlüsse ziehen. Ich lese noch mal.

Erst mal scheint es, daß er nur auf Frauen losgeht. Das ist doch schon mal was. Schließlich waren beide Ermordete, von denen er sprach, Frauen. Ein Kind und ein anziehendes Mädchen, ein Mädchen, das ihm gefiel... Ob ich ihm gefalle? Sicher nicht. Ich bin nicht sexy, ich schminke mich nicht, ich bin eher ein bäuerlicher Typ, nicht anziehend, nicht aufregend... Obwohl... Aber halt, das ist Vergangenheit. Ich würde sagen, daß ich eigentlich das Gefühl habe, daß ich nicht seinem Typ Leiche entspreche. Immerhin.

Ich müßte Bücher über Verrückte lesen. Solche, wie sie sie in der Bibliothek hatten, als ich noch dort war. Das ist eine gute Idee. Rausfinden, warum er das tut. Vorhersehen, was er tun wird. Wenn ich es schaffen könnte, ihn daran zu hindern, wäre es gar nicht nötig, die Polizei in diese Geschichte zu verwickeln. Aber nein, ich drehe durch! Ich bringe es noch fertig, mich um diesen Kerl zu kümmern, statt meine Koffer zu packen. Jeanie, du bist krank, meine Liebe! Ich weiß nicht, was ich tun soll. Ich bin fassungslos. Das Mädchen in der Fernsehserie sagte das immer: »Ich bin fassungslos, Andy, mein Süßer.« Nun gut, ich bin es auch, meine Liebe!

Ich werde mir eine Kippe, hoppla... 'tschuldigung, Mylady, eine Zigarette anstecken.

*Tagebuch des Mörders*

Die Ferien gehen anscheinend nie zu Ende. Heute hatte ich Lust dazu. Ich bin ausgegangen, um zu schauen, ob ich irgendwas Interessantes finde.

Zwar wohnt nebenan ein Mädchen, aber sie gefällt mir nicht besonders. Sie gehört zum Typ »nettes Mädchen mit Zöpfen«, ein bißchen zu jung für mich. Ich bin jetzt ein Mann, es reizt mich nicht, Kinder umzubringen.

Ich ziehe Mädchen in meinem Alter vor. Sie wissen genau, was sie suchen. Das erinnert mich an das andere Mädchen, in Demburry.

Wenn ich große Lust verspüre, nehme ich mein Messer und streichle mich damit, bis ich mich besser fühle. Eines Tages werde ich eine so umbringen. Ich werde das Messer nehmen und es ihr mit aller Kraft hineinstoßen. Das Blut wird aus ihrem Mund sprudeln. Es macht mir Vergnügen, mir das vorzusagen.

Mama sieht traurig aus. Wir kümmern uns nicht viel um sie.

Mark schreibt seine Doktorarbeit. Clark bereitet sein Examen vor. Jack komponiert ein Konzertstück. Stark bastelt sich einen Computer. Papa ist oft außer Haus und riecht nach Parfüm. Aber ich kann mein Leben nicht damit verbringen, meine Mutter zu trösten.

Morgen haben wir Geburtstag. Wir werden viele Geschenke bekommen. Ich weiß schon, was es sein wird, ein schönes Geschenk, ein sehr schönes Geschenk, ein »Leckerbissen«, wie Papa immer sagt, wenn er die Mädchen am Strand anschaut.

Nicht wie Jeanie. Dieses Mädchen ist nicht besonders anmutig und immer betrunken. Ich verstehe nicht, warum wir sie dabehalten. Wenn ich später eine Familie habe, stelle ich zum Servieren bei Tisch nur hübsche Mädchen ein, gut gebaut, freundlich. Keine Kriminellen aus der Gosse.

Ich muß mir für diesen Geburtstag etwas Lustiges ausdenken, damit ich mich amüsieren kann, wenn wir alle Kuchen essen und Mama beglückwünschen. Ich habe eine Idee.

Eine schöne, kleine, saftige Idee. Auf Wiedersehen, liebes Tagebuch, ich habe zu tun.

*Jeanies Tagebuch*

Was für eine schmutzige Idee könnte das sein?

Sie sind alle ins Kino gegangen. Ich bin allein mit der Alten. Die Kleine mit den Zöpfen, das muß Karen sein, die Tochter der Familie Blint. Ich müßte anrufen und sie warnen. Ihnen sagen: »Entschuldigung, ich habe mich verwählt«, bevor ich mein Gefasel vortrage und sie die Klapse benachrichtigen.

Könnte ich mit dieser Idee gemeint sein? Nein: Glücklicherweise gefalle ich ihm nicht. Dreckiges kleines Miststück. Glücklicherweise findet er mich zu häßlich... Ob er sich selbst schon mal angeschaut hat? Alle vier nämlich, na ja, abgesehen von den Muskeln, nicht wahr. Vier schöne Grobiane, wie ihr Schwein von Vater.

Ich hätte mit ihnen gehen, mich an ihre Fersen heften und ihn daran hindern sollen, es zu tun. Ich bin Komplizin, das bin ich, wie der Kerl in *Holocaust*, der so tat, als würde er kein Konzentrationslager leiten, sondern ein betriebliches Erholungszentrum, ja, ich bin genauso wie er! Dieser Gin steigt mir in die Nase, das ist furchtbar. Ein ausgemachter Feigling, das bist du, Jeanie, ein Fischweib und eine Säuferin und unfähig, einen Verrückten daran zu hindern, alle Mädchen um die Ecke zu bringen, die ihm in die Hände fallen. Du enttäuschst mich, meine Gute, du enttäuschst mich wirklich.

*Tagebuch des Mörders*

Guten Tag! Mama ist gerade dabei, einen Kuchen zu backen. Papa hat angerufen: Er wird später zum Abendessen kommen. Sicherlich macht er Besorgungen für uns.

Die Kleine von nebenan hat heute morgen »hallo« zu mir gesagt. Sie sieht liederlich und ungesund aus, mit einem schiefen Lächeln. So ein kleines Luder, »dem die Männer hinterherrennen«, wie Papa sagt. Ich hatte nicht die Zeit, mich mit ihr zu beschäftigen, aber ich werde ernsthaft darüber nachdenken. Mein Vorhaben ist übrigens geplatzt. Sie sind mit ihrem Baby aufs Land gefahren. Schade.

Ich bin ziemlich schlechter Laune. Die dicke Jeanie geht mir auf die Nerven mit ihren Manieren einer dreckigen Schnüfflerin. Ich muß zusehen, daß Papa sie rauswirft. Gestern, als sie das Essen auftrug, roch sie nach Alkohol. Sie deprimiert mich mit ihren roten Augen. Ich mag fröhliche Menschen. Ich muß jetzt gehen.

Bis bald, kleines, geheimes Tagebuch, kleines Ich aus Papier.

Dreckskerl. Bemüh dich ruhig, mich rauswerfen zu lassen! Das Baby, das Baby... das muß der kleine Beary sein.

Einen schönen Geburtstag haben sie gehabt, die Idioten. Überschüttet mit Geschenken. Wenn sie erwartet haben, daß ich ihnen etwas schenke... Saukerle... Der Vater ist zu spät gekommen. Ich würde gerne mal die Visage von seiner Schlampe sehen. Das Schwein rennt den Nutten nach, während seine Ungeheuer das ganze Viertel hier umbringen. Der blödsinnige Stift schmiert, das kann ich nicht ausstehen.

Ich muß wieder zu mir kommen. Ich sehe, wie meine Hand diese Worte schreibt, und bemühe mich, ordentlich zu schreiben und in meinem Kopf klar zu formulieren.

Es geht besser. Jeanie, meine Gute, du wirst einen Aktionsplan vorbereiten. Erster Punkt: die kleine Karen. (Es stimmt übrigens, daß sie schlecht aussieht.) Frage: Wie kann ich sie retten? Antwort: abwarten. Bravo, was für ein hervorragender Plan, Jeanie, du verblüffst mich.

Heute kam jemand die Treppe herauf, während ich las. Ich habe einen Satz ins Badezimmer gemacht und auf, auf, kräftig geputzt; es war blitzblank, wenigstens diesmal... Aber niemand ist hereingekommen, und das ist genau, was mir angst macht, große Angst.

Ich habe beschlossen, daß dieses Tagebuch als Beweis dienen wird. Ich werde alles, was passiert, aufschreiben. Bis ich diesen Hurensohn in die Enge treiben kann. Nein, keine Flüche mehr, benimm dich: Jeanie, mein Mädchen, du bist zum Sherlock Holmes befördert, und als Auftakt hörst du auf, zu rauchen wie ein Schlot.

Also Karen überwachen. Er wird es nicht wagen, wenn ich immerzu in der Nähe bin. Vielleicht wird er gerade noch wagen, mich anzuzünden, weil ich zu häßlich für den Schraubenzieher bin. Wie auch immer, ich werde den sehen, der um sie herumschleicht.

Ich frage mich... wenn alles nur ein Scherz wäre? Nein, die Zeitung berichtete von dem Mord in Demburry genau am Morgen nach ihrer Rückkehr, und ich hatte seine Aufzeichnungen über diese Sache bereits gelesen. Ich habe gute Lust, mir eine Knarre zu kaufen. Ich höre Geräusche im Garten. Ich werde nachsehen.

Unten glitt ein Schatten vorbei. Aber das war vielleicht ein Hund. Es ist Mitternacht, ich muß schlafen. Ich höre keinerlei Geräusche. Es war sicherlich ein Hund.

...

Karen ist tot.

Heute morgen war die Polizei hier. Sie haben sie im Garten gefunden. Im Mülleimer. Offenbar sieht ihre Leiche furchtbar aus. Es lag eine Decke darüber. Ihre Mutter brüllte; ich habe noch nie solch ein Brüllen gehört. Der Vater wurde ohnmächtig, als sie es ihm sagten. Bob, der Müllmann, hat sie gefunden. Er hat Galle gekotzt, und dann hat er um Hilfe gerufen. Sie haben ihm auch gleich eine Spritze gegeben.

Es regnet. Es ist dumm aufzuschreiben, daß es regnet, wenn gerade ein Kind gestorben ist. Aber es regnet. Ich friere. Am liebsten würde ich von hier verschwinden. Andererseits habe ich das Gefühl, daß ich bleiben muß.

Warum hatte er das nicht aufgeschrieben? Warum, warum, warum?!! Ein schöner Geburtstag. Wie grauenhaft! Er hat seinen schönen Geburtstag jedenfalls gehabt.

Schon seit zwei Stunden sitze ich hier, rauche und schaue in den Regen hinaus. Man hört kein Geräusch im Haus. Sie sind alle in ihren Zimmern. Gestern abend war ich betrunken. Und heute morgen ist Karen tot.

Die Alte hat sich nicht gerührt. Sie wackelt mit dem Kopf, während sie vor sich hin brummelt. Sie strickt eine Decke für das Sofa im Salon. Sie ist übrigens nicht alt. Fünfzehn Jahre älter als ich, das ist alles. Hoffentlich bin ich in fünfzehn Jahren nicht so!

Ich weiß nicht, was ich tun soll. Ich müßte mit jemandem sprechen können. Mit einem Pfarrer? Ich habe kein Vertrauen in Pfarrer. Den Geistlichen im Gefängnis hätte man jedenfalls treffender als Schweinehund bezeichnet.

Ich hatte Schiß, als die Polizisten kamen. Sie haben mich genau angesehen. »Sie müssen aussagen, wenn Sie etwas gesehen haben«, meinte der Große. »Ich habe nichts gesehen.«

»Na gut, um so schlimmer...« Es sieht schlecht aus für mich. Wenn sie Nachforschungen anstellen, bin ich geliefert.

# 2 Aufstellung

*Tagebuch des Mörders*

Ich glaube, jemand liest meine Aufzeichnungen. Wer du auch bist, solltest du gerade dabeisein, dies hier zu lesen, dann sieh dich vor. Sieh dich vor, weil ich dich kriege.

Mein liebes, kleines Tagebuch, es würde dir nicht gefallen, daß man dich ohne meine Erlaubnis liest, daß man mit Fingern über deine Tinte und dein Papier streicht, daß man mit schmutzigen Händen die Spuren liebkost, die ich in dir hinterlasse. Mein liebes, kleines Tagebuch, ich drücke dich ganz fest an mich, an meinen... Niemand wird dich berühren.

Ich bin heute zufrieden, ich bin sehr zufrieden. Ich habe die Axt in die Garage geräumt, sie ist sauber, sie glänzt.

Alle hier im Viertel flennen. Sie sagen, daß es ein Triebverbrechen sei. Als sie tot war, habe ich ihr den Stiel von der Axt reingesteckt und kräftig gestoßen, so tief ich konnte.

Vielleicht schaut dir jemand über die Schulter, wenn du dies liest. Vielleicht bin ich da, und vielleicht schneide ich dir die Kehle durch. Ha, ha, ha!

Heute nacht, als ich in den Garten kam, sah ich Jeanie am Fenster stehn. Immer die Nase dort, wo sie nicht hingehört, nicht wahr, Jeanie?

Bei der Kleinen habe ich ganz vorsichtig am Fenster gekratzt. Sie stand auf und kam, mit strahlenden Augen. Sie wackelte mit ihren Brüsten vor meiner Nase herum, in ihrem kleinen Nachthemdchen.

Mama hat uns schöne, marineblaue Blazer mit goldenen Knöpfen geschenkt. Jack hat Klavier gespielt, wir haben geklatscht.

Wir haben *Happy Birthday to us* gesungen, und ich habe an Karen gedacht. Als die Kerzen ausgingen, habe ich meine Entscheidung gefaßt.

Ich bin wirklich nicht glücklich bei dem Gedanken, daß jemand meine Notizen lesen könnte.

*Jeanies Tagebuch*

Die Polizei ist wiedergekommen. Sie haben alle noch einmal befragt, auch mich. Ich glaube, sie verheddern sich. Karens Mutter hört nicht auf zu weinen, ihre Nachbarin geht für sie einkaufen. Ich, ich weine nicht, meine Augen haben keine Tränen mehr. Seit mindestens zehn Jahren weine ich nicht mehr.

Heute morgen, beim Kartoffelschälen, habe ich versucht nachzudenken. Ich verstehe nicht, wie er erraten konnte, daß ich diese Schweinereien gelesen habe, die er sein »Tagebuch« nennt. Wenn ich mir vorstelle, daß er sich damit... Soll ich das weiter lesen? Ich kann nicht hierbleiben, ohne zu wissen, was er vorbereitet. Andererseits kann ich sowieso nichts tun, ob ich es nun weiß oder nicht.

Heute habe ich keinen Tropfen getrunken. Meine Hände zittern. Ich lese noch einmal das Tagebuch und habe den Eindruck, ich bin verrückt. Wenn ich diese Aufzeichnungen mitnehmen könnte, um sie zu kopieren. Wie dumm ich bin! Ich muß ja nur in ihren Sachen nachsehen und schauen, welcher von ihnen die gleiche Schrift hat. Jeanie, meine Gute, du übertriffst dich selbst, wenn du nur willst! Aber wenn er dich in seinen Sachen herumstöbern sieht. Und selbst wenn, was wäre dann? Zur Polizei gehen mit den Aufzeichnungen und einer Schriftprobe (»Schriftprobe«, das klingt richtig schick, Jeanie). Nur, wenn ich zur Polizei gehe, werde ich meine zwei Jahre ausbaden müssen, und das, das will ich nicht, ich will nicht dorthin zurück. Lieber lasse ich zu, daß unschuldige Kinder abgestochen werden.

Ich weiß nicht, was ich tun soll. Ich habe Angst, im Zimmer nachzusehen, weil er mich sicherlich beobachtet. Zwei Jahre Minimum: Die alte Ziege von Ficks wird schon dafür sorgen, daß ich soviel wie möglich absitze, und mit meinem Führungszeugnis. Ich könnte vielleicht alles mit der Post schicken.

Jemand steht vor meiner Tür. Ich bin ganz sicher. Ich höre jemanden atmen. Ich höre jemanden vor meiner Tür atmen. Sie ist abgeschlossen, ich bin nicht in Gefahr. Jetzt höre ich nichts mehr, vielleicht habe ich geträumt. Wo kann ich nur dieses Heft verstecken? Ich muß ein neues Versteck finden.

Morgen ist Karens Beerdigung.

*Tagebuch des Mörders*

Heute waren wir auf der Beerdigung. Sogar Mama ist mitgekommen. Der Friedhof ist ihre einzige Abwechslung, sie vergißt nie, Blumen hinzubringen. Es waren viele Leute da, und alle haben geflennt. Wir trugen unsere neuen, schönen Blazer und Krawatten. Von uns hat keiner geheult, wir sind Männer. Mama stützte sich auf Mark. Clark hat Angina, er hustete ständig, er mußte sogar für einen Augenblick weggehen. Stark starrte seine schmutzigen Schuhe an, und Jack kaute an seinen Fingernägeln. Papa war sehr würdevoll und schön, er hat der ganzen Familie die Hand gedrückt. Sie haben Erde auf den Sarg geworfen. Ich auch. Ich wußte, was da unten war. In welchem Zustand es war. Na, Leser, bist du zufrieden, sind deine Erwartungen befriedigt worden?

Du willst, daß ich dir alles ganz genau beschreibe, was? Ob sie geschrien hat und so, und ob ich ihr zuerst die Arme oder die Beine abgeschnitten habe, nicht wahr? Du bist allzu neugierig, Leser, du mußt ja nur nachsehen gehen, sie ist nicht sehr weit weg, du mußt nur ein wenig in der Erde scharren, sie erwartet dich, sie wird nicht mehr weggehen jetzt, sie wird niemanden mehr reizen.

Jedenfalls werde ich nie ihren Blick vergessen, schließlich war sie eine von den Besseren. Ich höre, daß Mama uns zum Essen ruft. Ich werde mir die Hände waschen.

## *Jeanies Tagebuch*

Ich habe das Essen aufgetragen. Jeanie hier, Jeanie da... Der Doktor hat eine Flasche Rotwein getrunken, er sprach laut und schimpfte auf die Kommunisten. Was das mit Karen zu tun haben soll, verstehe ich nicht.

Madame war freundlich, sie hat mir Komplimente für den Braten gemacht, sie hatte keine Zeit, sich um irgend etwas zu kümmern, wegen dieser Beerdigung. Freundlich? Sie versucht, ihre Bestie zu verstecken, jawohl! Ich habe heute noch nichts getrunken. Aber jetzt bin ich durstig, ich habe einen Schluck Brandy verdient, diese Todesfälle machen mich fertig, ich brauche ein wenig Zucker, um wieder auf die Beine zu kommen.

...

Ich habe was getrunken. Jetzt geht es besser. Ich werde sein Tagebuch stehlen und der Polizei schicken. Und dann nehme ich den Mittagszug in Richtung Süden. Auf Wiedersehen, Jeanie. Sie werden eine Treibjagd veranstalten, um mich wiederzufinden, wegen der Zeugenaussage und so... und ein betrunkener Bauer wird mir eine Kugel durch den Kopf jagen. Nein, Jeanie, keine Lügen, sie werden dich mitnehmen wegen der Aussage, das ist alles, und vielleicht werden sie dich ja gar nicht finden. Dafür verdanken mir einige anständige Mädchen ihr Leben. Ich werde die Retterin des Vaterlandes sein. Jeanie Superfrau, das Mädchen, dem alle zu Füßen liegen! Dieser Brandy ist wirklich ausgezeichnet.

Es ist warm, ich kriege kaum Luft. Ich habe alle Fenster aufgemacht, aber man kommt um vor Hitze, und dieser unbeständige Wind regt mich auf.

*Tagebuch des Mörders*

Guten Tag! Der Wind hat sich gelegt, es regnet. Es regnet auf dem Friedhof. Es sind nicht wenige auf diesem Friedhof, die mir gehören. Mindestens vier. Plus eine. Vier kleine Schlampen weniger auf der Welt. Die Polizei kommt nicht weiter. Ich habe keine Angst vor der Polizei. Sie werden niemals etwas finden. Sie werden niemals die anständigen Söhne des Doktors verdächtigen, sie suchen Strolche, Rumtreiber, Verrückte. Sie glauben, daß Verrückte eine rote Laterne auf dem Kopf tragen, »Achtung, verrückt«. Liebe Bullen, liebe Spürhunde, sucht die Fährte ruhig, sucht, sucht, ihr werdet nur einen braven, wohlerzogenen Jungen finden, der keiner Fliege was zuleide tut, keine Fliege erschlägt, weil Mama das nicht mag, wenn man ohne Grund Böses tut. Räudige Hunde, schnüffelt ruhig an der Kacke des Mörders, außer den kleinen, schmutzigen Leichen, die verlassen in den Winkeln liegen, werdet ihr nichts finden, werdet ihr nichts finden! Ich mag mein kleines Lied ganz gern.

Seit einiger Zeit, seit ich dieses Tagebuch führe, denke ich nur noch an das eine. Früher vergaß ich es für längere Zeit, aber jetzt, ich weiß nicht warum, denke ich ständig daran, und das geht mir auf die Nerven. Es kommt, weil ich so darüber spreche: Ich sehe alles wieder vor mir, und das erregt mich. Die Ferien sind zu lang. Glücklicherweise fangen wir alle bald wieder an zu arbeiten. Es gibt schon Frühstück. Ich höre Jeanie mit den Töpfen klappern.

Heute morgen habe ich gesehen, wie sie nach oben kam, um aufzuräumen. Ich finde, sie ist ziemlich lange geblieben.

Im Grunde könnte sie gut aussehen, wenn sie sich zurechtmachen würde.

Ich weiß nicht warum, aber sie scheint uns zu mißtrauen.

Bist du vielleicht eine schmutzige Spionin, Jeanie? Ich hoffe für dich, daß es nicht so ist. Adieu!

## *Jeanies Tagebuch*

Nun, ich glaube, es ist Zeit, zum Notverfahren überzugehen. Die Flucht. Ich hau' ab, adieu, Freunde, »Jeanie ist im Grunde nicht übel, diese Schlampe, ich würde ihr gerne die Gurgel durchschneiden, dieser Nutte...« Ohne mich. Wiedersehn Doktor Jekyll, bleiben Sie gesund, es gibt attraktivere Mädchen als mich, die er in Scheiben schneiden kann. Es klindgelt.

...

Das waren die Bullen. Sehr höflich. Das ist ein anständiges

Haus hier. Da Madame Kopfschmerzen hatte, habe ich Tee gemacht. Den Bullen Kekse anbieten, so weit ist es mit mir gekommen. Mach nur deine Witze, Jeanie, meine Gute, solange du noch kannst. Sie haben mir Fragen über den Mordabend gestellt. Den Geburtstag der Wichser. Mit nichtssagender Miene fragten sie, wo die Jungs waren, und ob sie Karen kannten.

Gebe Gott, daß diese Schlappschwänze in Uniform auf der richtigen Fährte sind. Weil die Jungs in ihren Zimmern waren, habe ich nicht gewagt, etwas zu sagen. »Er« war vielleicht da, um mich zu belauschen.

Ich habe ja gesagt, daß alle Karen kannten. Daß ich einen Schatten im Garten gesehen habe, aber nicht sicher war. Vielleicht ein Hund, sagte ich. Aber ich konnte die Uhrzeit angeben. Sie sollen ihre Arbeit machen. Ich weiß, daß der Bekloppte mich belauert und mir mißtraut. Ich muß mir eine Waffe besorgen.

...

Es ist elf Uhr nachts. Nichts zu melden. Keine neuen Niederschriften heute. Die Bestie schläft.

Mark hat wieder angefangen zu arbeiten. Stark ist ins Dorf gefahren, um Teile für sein neues Spielzeug zu kaufen. Jack hatte Klavierunterricht. Clark trainiert für das Spiel am Sonntag. Der Doktor scheint begeistert. Wegen der ganzen Aufregung, die der Mord verursacht hat, konnte er tun und lassen, was er wollte, ausgehen und heimkommen nach Belieben, und sein Flittchen treffen, nehme ich an. Er sagte zu mir: »Es ist gut, Jeanie, ich bin mit Ihnen zufrieden«, und es war, als hätte Gott im Himmel seine Hand auf meine Schulter gelegt.

Vielleicht beruhigt sich alles. Kann sein, daß er gesättigt ist und nichts weiter passiert. Aber diese Ruhe bedeutet nichts Gutes, scheint mir. Es ist wie beim letzten Mal...

Heute morgen, als ich die Sommerkleider ganz oben im Schrank verstaute, fand ich eine Pappschachtel. Ich habe sie geöffnet. Es lag ein kleiner Kinderanzug aus blauem Samt darin, der in Seidenpapier eingewickelt war, obendrauf lag ein völlig vertrockneter Veilchenstrauß. Er war traurig, dieser kleine Anzug, fast wie ein kleiner Leichnam. Auf die Brusttasche hatte jemand ein M und ein Z gestickt. Meine Großmutter hatte den Kommunionsanzug von meinem Onkel, der mit zwölf Jahren gestorben war, auch so aufbewahrt. Ich habe die Schachtel schnell wieder zugemacht und an ihren Platz zurückgestellt.

Es ist idiotisch, aber ich fühle mich beobachtet. Manchmal drehe ich mich plötzlich um, weil ich glaube, daß jemand hinter mir steht. Ich werde eine Zigarette rauchen und ins Bett gehen. Ich schlafe schlecht. Ich habe Alpträume. Ich wache schweißgebadet auf. Wenn ich trinke, schlafe ich wenigstens ein, wie ein Stein.

Wegen des Revolvers bin ich mir nicht sicher. Ich kenne jemanden im Dorf, vielleicht kann der was machen. Ich müßte hingehen können. Man wird sehen.

*Tagebuch des Mörders*

Es hört nicht auf zu regnen. Heute haben wir Jeanie mit ins Dorf genommen. Sie hatte Besorgungen zu machen, und da wir sowieso hinfuhren, haben wir sie mitgenommen.

Ich kam an dem Gebäude vorbei, in dem Papa arbeitet, und habe geklingelt, aber niemand hat geöffnet. Er muß außer Haus gewesen sein.

Wir haben uns alle am Brunnen wiedergetroffen. Mark kam von der Arbeit, Clark vom Training, Stark von der Uni, Jack vom Konservatorium. Wir sind gerne gemeinsam unterwegs. Wir sind ein gutes Team. Schlagkräftig.

Die Mädchen schauen oft nach uns. Mark und Jack genieren sich deshalb ein wenig, aber Clark und Stark genießen das. Clark liest Illustrierte mit Fotos von nackten Mädchen, und Stark hatte schon eine Freundin. Mark geht ab und an mit der Sekretärin von seinem Chef aus. Jack ist in seine Musiklehrerin verliebt. Wenn wir zusammen sind, sprechen wir oft von Mädchen.

In der Familie sind wir dagegen eher schamhaft. Die Zeitung schreibt, daß die Polizei eine Spur verfolgt. »Die Spur des Triebtäters...« Dem Triebtäter geht es gut, vielen Dank.

Ich frage mich, was Jeanie im Dorf zu erledigen hatte... sie ist mit einer kleinen, braunen Papiertüte zurückgekommen, die sie fest an sich drückte. Vielleicht hat sie sich Schnaps gekauft. Frauen wie sie trinken oft. Und dann neigen sie dazu, Dummheiten zu sagen. Zuviel zu reden. Aber ich glaube nicht, daß Jeanie das tun wird. Ich glaube nicht, daß sie wirklich etwas gesehen hat aus ihrem Fenster. Sie ist viel zu schlau. Schlau wie die schmutzige Diebin, die sie ja ist. Diebin und Spionin, zwei Minuspunkte für dich, Jeanie, du Fischweib. Das ist viel.

*Jeanies Tagebuch*

Die Jungs sind nicht da. Ich war in ihren Zimmern und habe ihre Papiere durchsucht. Die Schrift aus dem Tagebuch entspricht keiner von den anderen. Das verstehe ich nicht. Ich habe gründlich nachgesehen, aber keine der Handschriften entspricht ihr. Er muß sich verstellen, wenn er schreibt.

Ich fühle mich besser, weil ich Joe seine Knarre abgekauft

habe. Die hat mich zwei Drittel meines Gehalts gekostet, aber jetzt liegt sie geladen unter meinem Kopfkissen. Ich habe auch ein Buch über Psychologie gekauft; das ist schwierig zu lesen, eher was für gebildete Leute, aber wie auch immer, ich werde ein oder zwei Kapitel lesen, das hilft mir vielleicht. Jetzt bin ich bereit, dir die Stirn zu bieten, du mickriges Dreckschwein.

...

Das Buch ist spannend. Ich habe gerade gelernt, daß diese Irren manchmal zwei Persönlichkeiten haben, das heißt, in ihrem Kopf existieren zwei Personen, ohne daß die eine etwas von der anderen wüßte. Das ist bei ihm nicht der Fall, denn er weiß, daß er ein Mörder ist und gleichzeitig der Sohn des Doktors. Ich habe auch gelernt, daß die Verrückten manchmal eine Schrift für ihr normales Leben haben und eine Schrift für ihr Irrenleben, eine »Krisenschrift« sozusagen. Ich habe einen kräftigen Schluck Gin getrunken, um das zu feiern. Der wärmt mich. Ich falle fast um vor Müdigkeit.

In meinem Kopf dreht sich alles.

Kein Zweifel, Bildung hat gewisse Vorteile, nicht wahr, Jeanie, mein Mädchen? Übrigens, wenn du studiert hättest, wärst du heute nicht darauf angewiesen, einen Hungerlohn damit zu verdienen, die schmutzige Wäsche von anderen Leuten zu waschen. In der Zeitung schreiben sie, daß die Untersuchungskommissare eine Spur haben. »Die Spur des Triebtäters«! Dieser Regen geht mir auf die Nerven. Das Haus ist still, wenn die Jungs weg sind. Ich habe weniger das Gefühl, einen Revolver im Rücken zu haben. Sie sind ins Konzert gegangen. So ein Rockding in der Vorstadt.

Monsieur ist ausnahmsweise zu Hause. Er liest irgendeinen Doktorkram. Sie strickt eine senffarbene Scheußlichkeit für Clark.

Ich glaube, ich muß noch mal ganz von vorne anfangen. Er

muß doch einen Fehler gemacht haben. Es reicht, daß ich ihn beobachte. Und daß ich aufpasse.

*Tagebuch des Mörders*

Clark hat sein Spiel gewonnen. Um das zu feiern, hat uns Papa Eintrittskarten für das Konzert spendiert. Wir waren gestern abend dort. Es war nicht schlecht. Wir haben uns ganz gut amüsiert und mit netten Mädchen geflirtet. Aber Clark war müde und mußte außerdem noch eine Akte studieren, deshalb sind wir nicht weitergegangen. Und Jack hatte früh schon Unterricht. Mir sind Mädchen sowieso egal. Ich finde das nicht interessant. Ich kann nicht verstehen, wie man es genießen kann, dieses weiche Fleisch zu befummeln. Ich ziehe dich vor, und zwar bei weitem, mein liebes kleines Tagebuch, du bist wenigstens folgsam und freundlich und sauber.

Ich kann dir alles sagen, was ich möchte, ich kann dich an mich drücken, dich liebkosen, dich zerreißen, wenn ich will, dich in meiner Hand zerknüllen, dich mit meiner Zunge berühren, dich an meinem ... reiben. Bis. Du bist nicht feucht, wie die Mädchen, du versuchst nicht, mich dazu zu bringen, Schweinereien zu machen. Du bist wie ein kleiner, sehr netter Bruder, du gehörst mir.

Jemand geht durch den Flur. Das sind die Schritte von Mama. Sie strickt einen senffarbenen Pulli für Clark. Wir sind alle in unseren Zimmern und warten auf das Abendessen. Offenbar hat Jeanie Verspätung, wir werden wieder mal zu einer unmöglichen Zeit essen.

Heute nacht habe ich von Karen geträumt. Ich habe geträumt, daß mein Zimmer voller Blut ist. Es war kalt, die Sonne war von Eis bedeckt. Mama weinte. Papa wollte mich mit einem Säbel töten. Auch Jeanie war da, die mir sagte, daß ich ein gemeiner Kerl sei, sie zeigte auf etwas unter dem blutroten Eis, ich sah die Adern an ihrem Hals pulsieren, das hat mich aufgeweckt.

Jeanie ruft, das Essen ist fertig. Wir gehen runter.

*Jeanies Tagebuch*

Heute abend beim Essen habe ich alle genau angesehen. Mir war nie aufgefallen, daß Clark so einen verwirrten Blick hat. Wie die Typen, die spritzen. Obwohl er sportlich und kräftig ist: Es würde mich wundern, wenn er Drogen anrührte. Jack wurde von seinem Vater zweimal ermahnt, weil er nicht hörte, was er gefragt wurde. Er blickte ins Leere und lächelte still vor sich hin. Mark hat blöde Bürogeschichten erzählt, aus denen hervorgeht, daß er die ganze Arbeit machen muß. Stark hat den Mund nicht aufgemacht. Er hatte Bauchschmerzen, rannte zweimal auf den Lokus und hat danach für vier gefuttert, ohne ein Wort zu sagen.

Der Doktor hat ihnen einen Vortrag über die guten Vorsätze zum neuen Schuljahr und den im Leben zu erreichenden Erfolg usw. usw. gehalten. Die Alte hat Clark die senffarbene Scheußlichkeit gezeigt, die sie ihm gestrickt hat. Er hat sie richtig freundlich angelächelt und sich bedankt. Ich warte immer noch darauf, daß irgendeiner sie freundlich lächelnd erwürgt.

Ich habe meinen Revolver auf den Knien. Ich schaffe es immer noch nicht, eine Entscheidung zu treffen. Mein Gott! Mach einen Versuch und hilf mir, ich bin ein Schaf wie alle anderen, bitte führe auch mich in den Stall.

Mir fällt auf, daß er schreibt wie ein Kind, obwohl sie doch gerade achtzehn geworden sind! Es stimmt schon, daß man dazu neigt, sie wie Kinder zu behandeln. Wie Kinder aus Comics. Die natürlichen Kinder von Superman.

Ich werde ein wenig lesen. Es fängt wieder an zu regnen, es blitzt.

Hilfe. Jemand kratzt und schnauft an meiner Tür. Ich werde aufmachen. Ich muß aufmachen und nachsehen. Aber ich schaffe es nicht, mich aus dem Bett zu rühren. Ich habe den Revolver auf die Tür gerichtet. Ich kann aber nicht schießen, ohne zu wissen, auf wen oder was. Ich höre, daß jemand ganz leise meinen Namen flüstert, ich bin ganz sicher, und daß jemand im Dunkeln den Türgriff berührt, mit dem Lärm des Gewitters im Hintergrund.

Hau ab, hau ab, ich bitte dich, hau ab. Er will mir angst machen, aber weshalb sollte ich Angst haben, weshalb sollte ich Angst haben, wenn ich nichts weiß? Er will wissen, ob ich etwas weiß, er weiß, daß ich Angst habe und daß ich es weiß.

Er ruft mich, er ist direkt hinter der Tür und ruft mich. Ich werde öffnen und ihm eine Kugel durch den Kopf jagen, ich werde schreien, ich werde um Hilfe rufen. Ich, ich höre nichts mehr, ich glaube, er ist weg. Ich lausche. Er ist weg. Man hört nichts mehr. Ich behalte den Revolver in meiner Hand.

Ich darf nicht einschlafen.

# 3 Taktik

*Tagebuch des Mörders*

Heute nacht bin ich spazierengegangen. Ich lief im Dunkeln im Haus herum. Ich hörte die anderen im Schlaf atmen. Papa schnarchte. Vor Jeanies Zimmer blieb ich stehen. Ich schaute die verschlossene Tür an. Ich hatte Lust, sie zu töten. Leise sagte ich ihren Namen. Ich hatte das Messer fest an mich gepreßt. Das Küchenmesser. Das lange Fleischmesser. Für das Fleisch von Jeanie, die nach Schnaps riecht. Sie muß geschlafen haben. In ihrem zerknitterten, verrutschten, feuchten Nachthemd. Mit ihrer unreinen Unterwäsche.

Papa sagt, daß man mit den Mädchen aus den schlechten Vierteln aufpassen muß. Den Fabrikmädchen. Sie schauen einen verstohlen an. Sie kichern spöttisch. Aufpassen, wenn man will ... und daß man nicht ... Mich, mich interessiert das nicht. Keine Lust, ihre schmutzigen Krankheiten zu kriegen. Schmutzige Mäuler voller Krankheiten.

Ich weiß nicht, warum ich so stehenblieb und Jeanie rief. Ich konnte mich nicht bewegen. Sie hätte die Tür öffnen müssen. Ich fühle mich nicht gut. In der Zeitung schreiben sie nichts mehr über Karen. Die Polizisten sind nicht wiedergekommen. Sie werden nicht wiederkommen.

Heute war ich böse. Aber ich kann es dir nicht erzählen, liebes Tagebuch. Noch nicht.

*Jeanies Tagebuch*

Ich bin in die Küche gegangen, um nachzusehen. Das Fleischmesser war an seinem Platz. Aber es war klar, daß er es nicht mit in sein Zimmer genommen haben würde. In meiner Schürzentasche steckt der Revolver. Das ist vielleicht lächerlich, aber er hat mir Angst eingejagt. In einer Stunde muß ich wieder nach unten, um Tee zu machen.

Die Alte hat mich gefragt, ob es mir hier gefällt. Ich, dienstbeflissen: »Ja, sicher, die Arbeit ist nicht schwer.« Sie hat mir gesagt, daß ich mich hier wie zu Hause fühlen soll. Ich trieb es noch weiter: »Ja, die Jungs sind wirklich nett.« Sie lächelte mich an und sagte: »Danke.« Es war merkwürdig. Als ob sie mich gleich in die Arme nehmen würde. Ich habe ihr gesagt, daß ich noch ein wenig nach oben gehe, vor dem Tee.

Als ich heute morgen ihr Zimmer aufräumte, drückte ich den Revolver fest an meinen Bauch. Ich wollte es nicht lesen, aber es war stärker als ich: Ich mußte es sehen, mußte es wissen. Jeanie, meine Gute, laß dich nicht auf dieses Spiel ein, sonst wird es böse enden.

Diese ganze Geschichte stinkt mehr und mehr. Ich möchte wissen, warum er so außerordentlich zufrieden mit sich ist.

In dem Buch steht, daß Menschen, die ihre Mutter zu sehr lieben, oft verrückt sind. »Verklemmt«. Ich frage mich, ob er fähig ist, zu lieben. Es dämmert. Heute nacht ist Vollmond, man sagt, das sei die Nacht der Werwölfe. Sehr ermutigend. Aber wenn ich den Wolf sehe, knalle ich ihm eine Kugel in den Kopf. Peng.

Was soll bloß diese Geschichte von wegen »böse« gewesen sein? Was heckt er aus?

Es regnet sehr stark. Alle Geräusche sind gedämpft. Ich habe ihnen den Tee serviert und bin dann nach oben gegangen. Heute abend essen sie nicht, denn sie gehen mit ihrem Vater ins Theater. Sie hat einen Teller mit in ihr Zimmer genommen.

Ich hatte den Eindruck, jemanden sprechen zu hören, aber das muß sie gewesen sein, die mit sich selber sprach.

Ich fühle mich besser, wenn sie nicht da sind. Ich ruhe mich ein wenig aus. Ich habe zwei Kapitel in dem Buch gelesen. Ich höre ein Auto.

Ich habe aus dem Fenster geschaut, es ist wirklich der Kombi. Sie sehen fröhlich aus, lachen. Zweifellos war das Stück gut. Ich erinnere mich an den Abend, an dem ich mit Jackie im Theater war, was haben wir gelacht. Das ist lange her, das alles. Ich höre sie unten sprechen. Es ist merkwürdig, wie ähnlich ihre Stimmen sind. Ich habe eine trockene Kehle. Es ist Jahre her, daß ich ein gutes Glas Gin getrunken habe. Jawohl. Mein Vater ging niemals ohne sein Glas Gin zu Bett. Er sagte, Leute, die Wasser trinken, würden nicht alt. Er ist allerdings auch nicht alt geworden. Gott hab' ihn selig.

*Tagebuch des Mörders*

Hallo, herzallerliebstes Tagebuch! Hier ist der böseste Junge der Stadt. Das Wetter ist schön. Gestern abend waren wir im Theater. Das Stück war lustig. *Zehn kleine Negerlein* von Agatha Christie, es hat uns sehr gefallen. Papa führt uns gerne aus. Er ist stolz auf uns. Er glaubt, ich habe die Frau nicht gesehen, die ihm im Zuschauerraum ein Zeichen gegeben hat, aber ich habe sie gesehen. Eine etwas rundliche Blondine, mit großen Brüsten. Ich muß mich darüber informieren.

Ich habe dir gesagt, liebes, verehrtes Tagebuch, daß ich gestern ziemlich böse war. Ich habe tatsächlich zwischen deine kleinen, in Viertel gefalteten Blätter ein Haar geklebt, und heute morgen, welche Überraschung! sehe ich, daß das Haar zerrissen ist, und schließe also daraus, daß jemand dich gelesen hat. Die Augen eines dreckigen Spions ruhten auf dir, und wenn der diese Zeilen liest, wird er wissen, daß er sich verraten hat! Guten Tag, lieber Spion. Vielleicht müßtest du dich sehr, sehr, sehr schnell umdrehen...

Du bist sicherlich nicht Papa, nicht wahr, dreckiger Spion; du bist vielleicht Mama. Bist du es, Mama? Du wärst ganz schön neugierig plötzlich. Oder einer von uns, Mark oder Jack oder Clark oder Stark? Ein Unbeteiligter? Ich mag die unbeteiligten Schnüffler nicht besonders, das habe ich schon bewiesen. Oder sogar du, Jeanie? Meine kleine, dicke Jeanie? Wie unvorsichtig du wärst, wie wenig dir am Leben läge, wenn du es wärst. Das Spionagehandwerk ist kein Spaziergang, nicht wahr? Aber sei beruhigt, lieber Leser, ich werde dir etwas liefern, womit du beschäftigt sein wirst, bis bald.

*Jeanies Tagebuch*

Was geschehen mußte, ist geschehen. Ich habe meine Koffer gepackt und bin fertig zur Abreise. Ich werde den erstbesten Bus nehmen, der sehr weit weg fährt, und das alles vergessen. Ich werde auch anderswo eine Stelle finden. Für diese Scheißspiele bin ich zu alt.

Als ich las, daß er es weiß, war ich völlig geschockt. Ich

habe drei Gläser getrunken, Schluck für Schluck, um mich zu erholen, der Alte wird wieder sagen, daß die Flasche immer leerer wird. Ich höre, daß man mich ruft. Ich gehe.

...

Zwei Neuigkeiten:

1) Als sie weg waren, bin ich zurückgegangen, um nachzusehen, ob es etwas Neues gibt. Es gab etwas Neues. Die Fotokopie einer Zeitungsseite. Aber nicht irgendeiner Zeitung.

Sondern der Zeitung vom 12. März des vergangenen Jahres, mit meinem Foto und dem der alten Xanthippe vor ihren leeren Schubladen. Ich frage mich, wie er das erfahren konnte, dieses kleine Schwein. Sonst nichts. Nur die Fotokopie. Was soll das heißen? Wird er es den Bullen schicken? Liest er mein Tagebuch? Ich werde es bei mir behalten. Ich bin betrunken. Der Stift fällt mir aus der Hand.

Im Moment steigt es mir sofort zu Kopf, wenn ich etwas trinke. Aber wenn ich nicht trinke, kann ich nicht schlafen und ich – wie müde ich bin, obwohl ich doch nachdenken müßte – ich bin sicher, daß ich in den Knast zurückmuß, und das will ich nicht, nichts da.

2) Die Alte wird ihre Nichte für einen Monat ins Haus nehmen, weil ihre Eltern einen Autounfall hatten und im Krankenhaus liegen; immerhin ist sie erst fünfzehn und ich vermute ziemlich aufreizend usw. usw. Zum Glück werde ich nicht hier sein und das sehen. Gott sei Dank. Dafür, daß es so aussieht, als würde er sich um das alles kümmern. Gute Nacht euch allen und mir selbst. Ich schlaf' ein.

*Tagebuch des Mörders*

Heute morgen hat Mama uns gesagt, daß Sharon für einen Monat hier sein wird. Sie ist dunkelhaarig, mit schwarzen Augen. Einmal waren wir in den Ferien bei ihr zu Hause. Sie und ich, wir spielten Verstecken im Keller, und ich wollte sie in den Ofen stoßen. Aber sie war stärker als ich und schlug meinen Kopf auf den Zement, bis ich blutete.

Wir haben niemandem etwas gesagt, weder sie noch ich. Ich präzisiere das, lieber Spion, weil es folglich unnötig ist, meine Mutter oder meine Brüder zu fragen, denn ich würde dich anlügen und sie würden nichts wissen. Der einzige, der dich in dieser Hinsicht hätte aufklären können, ist schon lange von den Würmern verspeist. (Kennst du die GSEW? Gesellschaft zum Schutz der Erdwürmer. Sie haben mich zum Ehrenmitglied ernannt.) Im Gegenteil, würdest du derartige Fragen stellen, würde ich mit Sicherheit wissen, wer du bist, nicht wahr? (Diesem Spion muß man alles sagen.)

Auf jeden Fall ist das eine gute Nachricht. Ich kann meine Rechnung mit diesem dreckigen, kleinen Blümchen-rührmich-nicht-an begleichen.

Übrigens, Jeanie, was hast du eigentlich mit dem Geld und dem Schmuck gemacht? Hast du die Sachen versteckt? Einen schönen Tag!

*Jeanies Tagebuch*

Natürlich, bei meinem Glück gibt es jetzt auch noch einen Streik. Gerade als ich nach oben gehen wollte, um die Zimmer aufzuräumen, kam die Zeitung, und da steht es: ein Streik. Ich habe am Busbahnhof angerufen, und sie haben mir gesagt, daß sie das nicht gewußt hätten, daß der gesamte öffentliche Verkehr davon betroffen sei, daß es gestern außerdem Ausschreitungen gegeben habe und im Augenblick alles blockiert sei. Ich betrachte meinen Koffer und weiß nicht, was ich tun soll. Sie sind alle vier weg. Mit dem Kombi. Der Doktor ist mit dem Fahrrad unterwegs. Er sagt, daß er wieder fit werden möchte. Zweifellos findet ihn seine Freundin ein wenig rundlich, der süße Engel. Wenn ich schon hier festsitze, kann ich genausogut nachsehen, ob es eine Fortsetzung dieser spannenden Serie gibt. Die Alte ist unten und beschäftigt sich mit den Blumen.

Für heute abend habe ich Hammelkeule mit Pfefferminzsoße vorbereitet. Ich müßte giftige Pilze hinzufügen, das würde das ganze Problem auf einen Schlag lösen.

Also los, ich gehe und komme später zurück.

...

Also wirklich, es wird nicht besser. Verdammt, es ist trotzdem unglaublich! Versteckt, den Schmuck? Ja, leider, versteckt in den großen Taschen von Monsieur Bobby! »Wir treffen uns morgen, um 12 Uhr 30 im Sheraton. Ich behalte den Schmuck, das ist sicherer.« Von wegen. Die Beine habe ich mir in den Bauch gestanden, im Sheraton, bis 16 Uhr! Kein Bobby weit und breit. Kommt mir nicht mit Liebe! Und dann mußte ich mich noch vom Portier rausschmeißen lassen, weil er mich für eine Hure hielt. Keine Frage, ich bin wirklich vom Pech verfolgt.

Es hat angefangen zu schneien. Ein schmutziger, grauer Schnee, der alles bedeckt und alle Geräusche erstickt, aber vielleicht hält er wenigstens die Mädchen davon ab, nachts spazierenzugehen.

Schlechte Zeiten für Mörder.

Ich habe über die letzten Aufzeichnungen von dem Verrückten nachgedacht. Ich habe ganz gelassen, ganz die brave, nüchterne Jeanie, nachgedacht und bin zu folgendem Ergebnis gekommen: Wenn ich mir schon nicht jeden einzelnen Bruder vorknöpfen kann, um ihn zuckersüß zu fragen: »Also, mein Süßer, warst du derjenige, der Sharon in den Ofen stoßen wollte?«, weil ich Gefahr laufe, mich von Messerstichen durchbohrt im hintersten Winkel des Flurs wiederzufinden, könnte ich statt dessen mit Sharon selbst sprechen. Wer ist dieser Tote, der mich hätte aufklären können? Ein Zeuge? Wahrscheinlich. Und ich habe gute Aussichten, so zu enden wie er.

In dem Buch steht, daß die Verrückten gerne über sich sprechen. Das ist oft der Grund dafür, daß man Mörder schnappt. Sie müssen von sich erzählen, die Anonymität bedrückt sie, sie wollen den Ruhm; vielleicht könnte ich damit spielen. Ich muß nachdenken. Dieses Wort kommt in meinem Text am häufigsten vor, soviel ist klar.

»Kleine Dicke.« Nein, so was! Ich werde es ihnen zeigen, von wegen »kleine Dicke«, diesen hirnlosen Muskelprotzen, die ständig irgend etwas kauen. Vier Riesenbabys, vollgestopft mit Fleisch und Knete, vier kleine, dreckige, verheulte Cowboys. Um Gottes willen! »Gottes willen«, genau, wenn Gott nicht zufrieden ist, soll er mir doch schreiben: Jeanie Schnauze-Voll, Straße der Hoffnung 0, in Sackgasse am Nordpol. Nicht zu verfehlen. Ich warte!

Es ist merkwürdig, seit ich weiß, daß ich nicht wegkann, habe ich das Gefühl, aufgegeben zu haben. Ich glaube nicht an das Schicksal, aber vielleicht ist es das meinige, den Verrückten zu entlarven. Aber was dann? Ihn umbringen? Ich könnte nicht töten. Aber vielleicht müßte ich es ... Ich werde mir eine Zigarette genehmigen und dann nach unten gehen, um Feuer zu machen.

Also doch, die dicke Jeanie ist immer noch da. Sie muß uns wirklich sehr lieben. Ich dachte, sie sei so schlau und würde sich aus dem Staub machen. Aber nein. Sie bleibt. Sie hat vielleicht Angst, alle Bullen des Landes am Hals zu haben. Und bei ihrem dicken Hintern besteht keine Gefahr, daß sie sie übersehen. Aber hat sie bedacht, daß die genausogut hierherkommen könnten, um sie festzunehmen? In aller Ruhe. Schließlich, wer würde sie davor bewahren? Es würde reichen, daß sie ein Stück Zeitung erhalten. Aber wer würde das tun? Hier leben nur nette Jungs. Und eine ziemlich niederträchtige Jeanie.

Abgesehen davon, mein Tagebuch, es schneit. Schöner Schnee, so weiß wie der Bart vom Weihnachtsmann... ich liebe Geschenke. Ich freue mich darauf, Sharon als Weihnachtsgeschenk zu bekommen.

Heute war mir schwindlig. Das war das erste Mal. Ich lag auf meinem Bett und dachte an das alles, Karen und das Mädchen aus Demburry, und dann stand ich auf, um einen Pullover zu holen, und mir wurde schwindlig, alles fing an, sich zu drehen. Ich habe mich am Bett festgehalten, und es ging vorüber. Aber ich mag das nicht. Ein kräftiger Kerl wie ich, selbstsicher, ein Profi sozusagen, da kann man sich keine kindischen Unpäßlichkeiten leisten.

Jetzt ist der Spion zufrieden, er wird all unsere Unpäßlichkeiten beobachten. Du siehst, Spion, ich kümmere mich um dich. Ich weiß, daß du mir nichts anhaben kannst, daß niemand mir etwas anhaben kann, also sehe ich nicht ein, warum ich dir etwas verschweigen sollte.

Ich liebe dich, Spion, ich liebe dich so, dich, der du meine Notizen mit Leidenschaft liest, jeden Tag, hier in Mamas Zimmer verborgen, die Nase in ihren Röcken, ekelhafter Spion, du liest schnell, schnell, und während du liest, jetzt, jetzt, während du den Kopf gesenkt hältst, steige ich die Treppe herauf. Ich komme nicht mit leeren Händen, weißt du. Ich erreiche die Tür, du hast dich so schnell umgedreht, daß du dir beinahe den Kopf verrenkt hättest, und jetzt wagst du es nicht mehr weiterzulesen. Hau ab! Hau ab! Ich werde dich töten, das schwöre ich. Wenn es mir keinen Spaß mehr macht, mit dir zu spielen, werde ich dich töten. Ich werde irgend etwas finden, das dir weh tut, wirklich sehr weh tut, weil du gewagt hast, mich anzugreifen. Man muß verrückt sein, um mich anzugreifen.

In der Zwischenzeit werde ich dir einige Anhaltspunkte geben. Gute, ganz frische Anhaltspunkte, an denen du in deinem Zimmer knabbern kannst. Übrigens, läßt es sich gut abschließen, dein Zimmer? Ha, ha, ha! Gefällt dir mein Papiergelächter? Hier ein sehr wichtiger Anhaltspunkt: Ich bin der einzige von uns, der weiße Rüben mag. Tschüs!

*Jeanies Tagebuch*

Heute nachmittag habe ich geglaubt, vor Angst zu sterben. Dieer kleine Mistkerl hat geschrieben, daß er die Treppe heraufkäme, und einen Moment lang habe ich es geglaubt. Ich habe geglaubt, ich sehe ein Beil aufblitzen, wenn ich mich umdrehe. Das Beil macht mir am meisten angst, ich stelle mir vor, wie es wohl ist, von einem Beilhieb in zwei Teile gespalten zu werden!

Ich habe das Lammcurry verdorben, um so besser, es gab nichts anderes zu essen, der Doktor war wütend. Ihre Gesichter muß man gesehen haben! Gerade war ich bei der Alten, die anderen waren weg. Ich gehe zu ihr und sage: »Wie wäre es, wenn wir einmal weiße Rüben machen würden?«

Sie hat mich mit einem merkwürdigen Gesichtsausdruck angesehen. Vielleicht, weil ich ein wenig nach Wein gerochen habe, ich weiß nicht. »Weiße Rüben, was für eine seltsame Idee!« sagte sie und sah mich verstohlen an, »wollen Sie abnehmen, daß Sie sich so ein Arme-Leute-Essen ausdenken?«

»Nein, aber bei mir zu Hause gab es das oft und meine Brüder mochten es«, antwortete ich mit meinem einfältigsten Gesicht.

Sie lächelte mich freundlich an, mit einem so scheinheiligen und hinterhältigen Lächeln, daß es mir kalt den Rücken herunterlief. »Meine Söhne mögen das nicht.« – »Keiner?« – »Keiner. Ich konnte sie noch nie dazu bringen, welche zu essen!« und dann strickte sie an einer blau-gelben Scheußlichkeit weiter. (Diesmal für Stark.) Schlußfolgerung: Der Knabe schert sich einen Dreck um mich. Sehr ermutigend. Ich habe am Bahnhof angerufen. Immer noch nichts. Auf jeden Fall soll es einen Schneesturm geben. Glauben Sie, daß mich das überrascht? Gute Nacht. Ich hab' die Schnauze voll.

Aber was sollte das mit diesen verfluchten weißen Rüben? Ist das ein Symbol? »Im Unterbewußtsein des Kranken symbolisieren weiße Rüben den schlaffen Penis des Vaters, auf den er fixiert ist; er tötet seine Opfer, weil er sie verdächtigt, damit Lust zu erleben und die Mutter ersetzen zu wollen.« Weiße Rüben sind im weiteren Sinne ein Symbol für den Mann, und der Verrückte, der nicht verrückt ist, Doktor Knock, ist demzufolge homosexuell. Bravo, Jeanie, das Buch ist wirklich eine Hilfe. Ich habe es heute abend zu Ende gelesen.

Ich muß mir ein anderes besorgen.

*Tagebuch des Mörders*

Guten Tag, Jeanie.

Ich habe von dir geträumt.

Und was du getan hast, war nicht sehr sauber.

Du solltest dich schämen.

Du Schlampe.

Schlampe, Schlampe, Schlampe. Ich bin nervös. Mir ist warm. Du mußt mich nicht an Gerissenheit übertrumpfen, Jeanie, verstehst du? Verstehst du, Tochter einer Hure? Du glaubst, daß ich nicht weiß, was deine Mutter getan hat? Du solltest mich nicht unterschätzen, Jeanie. Ich bin kein Zwölfjähriger, weißt du, ich bin ein Mann. Ein richtiger Mann. Und ich werde dir zeigen, was das ist, du eingebildete Nutte. Papa sagt immer, daß es Schlampen gibt, die man mit der Peitsche führen muß. Aber vielleicht geht auch ein Beil, was meinst du? Schlampen wie Karen. Wie die anderen.

Ich bin schweißnaß, es tropft auf das Blatt, aber glaub' nicht, daß das Tränen sind. Ich weine nie. Ich habe keine Zeit zum Weinen. Zuviel zu tun. Ich muß mich um so viele Nutten kümmern. Im Moment benutze ich ständig Schimpfwörter, und ich mag das, auch wenn es schlecht ist. Wenn die Leute im Dorf mit mir reden, lächle ich und habe dabei lauter sehr schmutzige Schimpfwörter im Kopf, und sie haben keine Ahnung davon.

Ich bin nicht Mark. Nicht Clark. Nicht Stark. Auch nicht Jack. Ich weiß nicht, wer ich bin. Ich weiß es nicht, verstehst du?

Aber ich liebe weiße Rüben.

*Jeanies Tagebuch*

Und wenn es wahr wäre? Wenn er es wirklich nicht weiß? Wenn er in sein Tagebuch nur schreibt, wenn er verrückt ist? Wenn er sich nicht daran erinnert, wer er ist? Er weiß nur, daß er einer von ihnen ist, aber welcher? Aus diesem Grund schreibt er. Weil er hofft, sich zu erinnern. Damit er endlich weiß, wer er ist. – Es klingelt. Ich werde nachsehen.

...

Raten Sie, wer das war? Das waren die Bullen. Sie haben die gleichen Fragen gestellt wie letzten Monat. Offenbar hat jemand etwas gesehen. Einen Schatten draußen, in jener Nacht, mit einer karierten Hose. (In dem Fall war das mehr als ein Schatten.) In diesem Viertel hat jeder karierte Hosen, als ob sie Streifen nicht kennen würden. Aber immerhin, die Sache nimmt Formen an. Ich glaube, sie werden ihn schließlich kriegen. O. K., Jeanie, du hast dir eine Tasse Tee mit Brandy verdient. Und warum nicht gleich zwei?

*Tagebuch des Mörders*

Mama hat gesagt, daß Sharon in drei Tagen ankommen wird. Papa ist mit Jeanie weggefahren, die in der Buchhandlung vorbeigehen wollte. Es schneit heftig. Ich habe Lust, etwas zwischen meinen Fäusten zu zerquetschen. Ich habe kräftige Hände. Ich kann Tiere mit bloßen Händen töten. Selbst Hunde. Den Hund von Franklins zum Beispiel. Ein dreckiger Köter, der immer bellte. Ich habe ihm das Genick gebrochen. Ich bin sehr stark. Genau wie Clark, lieber Spion, ich habe dich nicht vergessen. Bitte Clark doch darum, dir zu zeigen, wie stark er ist. Schön und stark.

Übrigens, was ist mit den weißen Rüben?

Ich habe Durst. Ich habe das Gefühl, meine Zunge schwillt an und erstickt mich. Ich muß den Mund geöffnet lassen. Heute nacht habe ich in mein Bett gemacht. Die Feuchtigkeit hat mich geweckt, ich habe schnell das Leintuch gewechselt. Jetzt liegt es zwischen den anderen, du kannst ja im Wäschekorb herumwühlen, wenn es dir Spaß macht.

Deutet das nicht auf eine labile Konstitution hin? Wie bei Jack, zum Beispiel? Die nervöse Natur eines Künstlers, eines schmutzigen Bettnässers? Das kommt, weil ich im Moment müde bin, mit dieser riesigen Zunge in meinem Mund, ich habe ständig Durst und trinke zuviel, aber das geht nur mich etwas an, verstehst du. Was ich tue, betrifft nur mich, und wer davon nicht überzeugt ist, den knöpfe ich mir vor.

Ich habe von Sharon geträumt.

Ich frage mich, weshalb du ins Dorf gefahren bist, Jeanie. Geht es dir hier im Warmen nicht besser? Du denkst doch nicht etwa daran, uns zu verlassen? Bei dem vielen Schnee wäre ein Körper in zwei Stunden zugeschneit, vermute ich. Ein kleiner weißer Hügel auf der Straße. Und nur die spitzen Absätze ragten heraus ... Das wäre so schön. Und eine kleine Urinpfütze würde langsam auf dem Kopf des kleinen, weißen Leichnams gefrieren. Ich frage mich, weshalb ich dich immer noch hierlasse, geliebtes Tagebuch, ich bin wirklich zu gut zu den Spionen.

## *Jeanies Tagebuch*

Verschiedene Punkte. Erstens habe ich ein Buch über Psychopathen gekauft. Der Doktor hat mich gefragt, was ich im Dorf zu tun habe: »Kriminalromane kaufen.« Er brummelte: »Diesen Unsinn lesen Sie?« – »Ja, von Zeit zu Zeit, das entspannt.« Aber was mischt er sich überhaupt ein, dieser Dickwanst? Ich kann mir eben keine Unterhaltung in geblümter Unterwäsche leisten!

Es tut gut, draußen zu sein, den Schnee zu riechen, sich frisch zu fühlen, das macht mich fröhlich, gegen meinen Willen und trotz der ernsten Lage.

# 4 Angriff

*Jeanies Tagebuch*

Ich glaube, allmählich begreife ich die Taktik von diesem Saukerl. Er will mir alle, einen nach dem anderen, verdächtig machen, in der Hoffnung, daß ich mich damit aufhalte, seine falschen Fährten zu verfolgen. Ich denke wieder an diese Unpäßlichkeiten, die er immer öfter hat. Ist das ein schlechtes Zeichen, weil es eine Krise ankündigt (Jeanie, meine Gute, du redest wie ein Universitätsprofessor), oder ein gutes Zeichen, weil es bedeutet, daß er anfängt zusammenzubrechen? Diese Geschichte mit dem Durst ... Durst nach Blut, jawohl! Ich denke an dieses Mädchen, das demnächst kommen wird, Sharon. Er hat von ihr geträumt. Wenn sie ihn töten könnte. Ein großes und starkes Mädchen, das ihn mit einem Faustschlag auf den Schädel bewußtlos schlagen würde.

Ich habe über die Geschichte mit der karierten Hose nachgedacht. Seine hätte blutbefleckt sein müssen. Außer er hätte sie selbst gewaschen, nach seiner Rückkehr in jener Nacht.

Apropos Wäsche: Ich habe im Wäschekorb gewühlt, und natürlich war ein schmutziges Leintuch drin. Soll ich die Alte fragen gehen, ob einer ins Bett macht oder als Kind ins Bett gemacht hat? Ich weiß nicht.

Es ist beachtlich, wie verschieden Vierlinge sein können. Aber genauso verwirrend ist es, die gleiche Person in vier verschiedenen Ausgaben zu sehen. Es wäre lustig, wenn jeder von uns die verschiedenen Seiten seines Charakters in Personen aus Fleisch und Blut verwandeln könnte. Mich gäbe es als Jeanie, die Diebin, als Jeanie, die Verliebte, als Jeanie, das Mädchen für alles, als Jeanie, die große Abenteurerin.

Ich frage mich, was ich tun würde, wenn ich einen ernstzunehmenden Hinweis hätte: wenn ich zum Beispiel beobachten könnte, wie mir einer auflauert; Jack mit seinen schönen Augen oder Mark in seinem dunklen Anzug, oder Stark, der immer grinst, oder Clark, wenn er gerade Erdnüsse knabbert.

Ich würde mich auf jeden Fall nicht verhalten wie Karen; ich würde die Sache mit einem Kerl, der mit einer Axt bewaffnet ist, ganz bestimmt nicht diskutieren, aber das konnte sie ja nicht vorhersehen. Ebensowenig wie ich vorhersehen konnte, daß ich mich in diesem Scheißkaff wiederfinden würde, gefangen im Schnee, mit einem Generalstreik am Hals und einem Mörder mit Engelsgesicht (und der zierlichen Schuhgröße 46) im Nebenzimmer.

Ich kann heute abend gar nicht mehr aufhören zu schreiben. Ich habe nicht einmal Lust zu trinken. Ich zünde mir eine Zigarette an, das tut gut. Ich schaue die schneebedeckte Scheibe an, das Fenster der Bearys gegenüber.

Ein Hund bellt, alles ist still, wie ein Postkartenmotiv; das erinnert mich daran, daß die Alte mit einem ihrer Söhne diese Woche den Weihnachtsbaum aussuchen geht. »Zum Tragen muß ein Junge mit«, hat sie gesagt, als wenn ich noch nie einen Weihnachtsbaum getragen hätte.

Ich werde versuchen zu schlafen. Genug für heute. Ich kontrolliere noch, ob der Revolver geladen, die Tür abgeschlossen und das Fenster zu ist. Gute Nacht.

...

»Jeanie ist eine Idiotin. Jeanie sollte erschossen werden.« Wunderbar, mein Mädchen.

Es ist 14 Uhr 30. Ich bin mir gerade klar darüber geworden, daß er nur deshalb so drohend und kaltschnäuzig auftritt, weil er sich bedrängt fühlt. Er kann nichts gegen mich tun, also kläfft er. Er bedroht mich. Er versucht, mich zur Aufgabe zu zwingen. Weil er genau spürt, daß ich ihn bedrängen kann und werde. Und gleichzeitig will er nicht, daß ich weggehe. Weshalb? Weshalb will er das nicht? Weil er jemanden zum Spielen gefunden hat, das ist jedenfalls mein Eindruck.

Heute abend kommen ausnahmsweise Gäste in dieses Frankensteinhaus. Ein befreundetes Ehepaar, der Mann ist ebenfalls Arzt. Ich habe einen schönen Steinbutt vorbereitet, und die Alte hat sich an einem hausgemachten Kuchen verkünstelt. Die Kinderchen werden sich freuen, aber es gibt keine Kinderchen hier, sondern vier junge Männer.

Aber selbst wenn man einräumt, daß sie ein wenig täppisch sind, im Grunde reden und benehmen sich alle wie zwölfjährige Kinder. Das ist es, was mich irritiert. Deshalb schaffe ich es nicht, seinen Worten ein Gesicht zuzuordnen. Weil sie zu keinem von ihnen passen. Es ist, als ob einer von ihnen geistig in seine Kindheit zurückfällt.

Die Kinder des Hauses. Die immer zusammenhalten. Eine richtige Familie. Ein Werbeplakat fürs Vaterland.

Der Schneesturm ist beeindruckend. Ich weiß nicht, ob die Gäste überhaupt kommen. Ich müßte meine Schürze bügeln. Die dicke, schmuddlige Jeanie wird ihre Schürze bügeln. In der hübschen Waschküche unten, neben dem Zimmer ihrer geschätzten Hausherrin.

Wenn ich den ganzen Tag mit Bügeln verbringen würde, müßte ich ihn zu gegebener Zeit, wenn er das Zimmer seiner

Mutter aufsucht, zwangsläufig vorbeischleichen sehen. Nein, das wäre dumm. Er würde sein Tagebuch mitnehmen, das wäre alles. Ich vergeude meine Kräfte mit diesem Unsinn. Apropos Kraft: Wo ist diese verfluchte Ginflasche, Trost und Hilfe für meine alten Knochen? Ich hab' die Nase voll, ich werde Mittagsschlaf machen.

*Tagebuch des Mörders*

Heute abend kommen Doktor Milius und seine Frau zum Abendessen. Ich kenne sie nicht. Er ist ein Kollege von Papa. Mama hat Jeanie gesagt, sie soll sich um die Küche kümmern und sich sauberhalten. Alle machen Mittagsschlaf. Aufbruch um 3 Uhr: Mark muß einen Klienten treffen, Stark will sich einen Computer kaufen, Clark muß zum Unterricht, und Jack hat eine Prüfung in Musiktheorie. Clark wird vielleicht Kapitän seiner Mannschaft. Er freut sich. Mark auch, weil sein Chef ihn einer großen Anwaltskanzlei empfehlen will, wenn er sein Diplom hinter sich hat. Stark hört nicht auf zu arbeiten, sie haben in einem Monat einen Test. Jack hat uns seine letzte Komposition vorgespielt, es war gar nicht schlecht, ein bißchen romantisch vielleicht, aber man kann eben nicht aus seiner Haut.

Nun zu den ernsten Angelegenheiten. Scheinbar sucht die Polizei einen Burschen mit einer karierten Hose.

Wenn Papa in der Garage nachsehen würde, würde er bemerken, daß bei dem Klamottenhaufen die karierte Hose fehlt, die er immer anzieht, wenn er am Auto herumbastelt. Bestimmt hat Mama sie weggeworfen, weil sie von Motten zerfressen war. Man wird daraus aber keine Affäre machen.

Ich habe den Eindruck, daß Jeanie in ihrer Schürze etwas

versteckt, etwas Schweres. Aber was? Hält sie sich für James Bond? Ist es vielleicht eine Pistole? Eine Bazooka? Nein, meine Jeanie tut das nicht, meine bevorzugte Schlampe, die ich mir bis zum Schluß aufhebe. Neulich haben sie im Fernsehen gezeigt, wie man ein Schwein tötet und ihm der Länge nach den Bauch aufschlitzt; das war ein Ding!

Ich merke, liebes Tagebuch, daß ich mich von meinem ursprünglichen Vorhaben entferne, das darin bestand, dir in aller Ausführlichkeit unsere Familie zu schildern und meine Aktivitäten, meine verderblichen Aktivitäten, wie ein Staatsanwalt sagen würde, nur wegen dieses lästigen Spions, der mit dem Feuer spielt.

Hältst du mich wirklich für einen Dummkopf? Also, wie gesagt, ich werde dir einmal mehr von uns erzählen.

Das Baby von Bearys weint und hindert mich daran, mich zu konzentrieren. Das ist ärgerlich, ich mag Babys nicht, ich mag dieses Baby nicht.

Mark trägt immer sehr elegante und teure Krawatten, er ist kokett, auf seine Art. Clark liebt schlampige Jogginganzüge mit Turnschuhen. Auch Stark mag Turnschuhe, bunte Sweater und Mützen aus Wolle oder Baumwolle. Jack seinerseits bevorzugt klassische Kleidung, das gute alte Polohemd, das immer lässig aussieht, und Lederschuhe. Meine kleinen Brüder. Ich bin plötzlich ganz gerührt, wenn ich an uns, meine kleinen Brüder, denke.

Ich pfeife auf Superman und andere Superhelden mit ihren idiotischen Geschichten, ich, ich bin ein Superheld, nicht im Weltraum, nein, hier, auf der Erde, mit echten Opfern, echten Schlampen, die viel gefährlicher und schmutziger sind als ein Haufen losgelassener Außerirdischer. Ich und meine Brüder, wir sind wirklich Asse. Papa ruft uns, ich laufe, ciao, liebes Tagebuch, dreckige Schlampe!

*Jeanies Tagebuch*

Ein köstlicher Abend. Doktor Milius ist ein großer, gutaussehender alter Mann, sehr würdevoll, nicht sehr lustig, aber immerhin ... Seine Frau ist eine dicke, feurige Blondine, begeistert von sich selbst, hingerissen vom Anblick so gutaussehender, kräftiger Burschen, mit einer Tonne Diamanten zwischen den Brüsten, schönem Schmuck übrigens (und schönen Brüsten, wenn ich den zügellosen Blicken meines Doktors Glauben schenke), also, »mein liebes Tagebuch«, würde ich sagen, es war ein exquisiter, fürstlicher Abend.

Erstens hatte der Steinbutt viel Erfolg. Außerdem konnte ich meine Umgebung genau beobachten: Clark hat unglaublich viel Wasser getrunken, ich habe an diesen furchtbaren Durst gedacht, von dem er spricht; Stark hat sich Pommes frites nachgeben lassen – die Sache mit den Pommes frites habe ich nicht vergessen. Ich habe ruhig und diskret serviert, der gute Geist des Hauses, während die anderen sich schmatzend und grunzend den Bauch vollschlugen. »Also, lieber Doktor, was halten Sie von der polychromen griechischen Kunst?« Ein Schluck Burgunder, ein großer. »Nun ja, lieber Kollege, ich denke, daß sie sehr überfeinert ist.« Drei Gabeln Kartoffel, schmatz ... »Erzählen Sie mir von der Felsenmalerei des dritten vorchristlichen Jahrtausends in der südwestlichen Ecke von Abessinien, ja, das ist interessant.« Die schrille Stimme dieser völlig bescheuerten Blondine, die um jeden Preis am Gespräch teilnehmen möchte: »Und wie weit sind Sie mit den Backenzähnen?« – »Nun ja, meine Liebe, es geht vorwärts ... Sie will sich Jacketkronen machen lassen, aber ich bin dagegen, sie hat noch sehr gute Zähne, und dieser Kuchen, wie guuut er ist, hausgemacht, wirklich uuunglaublich!«

Schau an, schau an, noch ein kurzer und geiler Blick meines Doktors auf die Frau des anderen? Die Alte schien weniger alt, geschminkt, gut gekleidet, letztendlich gäbe sie eine ganz ansehnliche Frau ab, vornehm, ich würde sogar sagen »fein«. Die vier Ungeheuer kamen im Anzug, sehr elegant … wenn man bedenkt, daß einer von ihnen noch ins Bett macht!

Tatsächlich wirkten alle sehr entspannt und sahen nicht aus, als ob sie etwas zu verbergen hätten. Einmal hat die Blondine »Karen, diesen schrecklichen Mord« angesprochen, aber der Doktor meinte, es wäre ihm lieber, das Thema nicht bei Tisch anzusprechen, in Anwesenheit der Kinder. (Welche Kinder?)

Ich müßte alle Aufzeichnungen von Anfang an noch mal lesen können, sie vielleicht fotokopieren? Übrigens ist es gar nicht einfach, ein Tagebuch zu führen, weil zwischen dem, was wirklich passiert, und dem, was mir durch den Kopf geht, eine große Lücke bleibt. Und weil ich langsamer schreibe als ich denke, gibt es Dinge, die ich unterwegs vergesse.

Das neue Buch ist kompliziert, ich verstehe kein Wort und habe die Nase voll davon, Bücher zu lesen, während ich darauf warte, daß man mich abmurkst. Es muß rasch etwas geschehen.

*Tagebuch des Mörders*

Es ist Nacht. Ich bin in meinem Zimmer und schreibe. Ich höre das Geräusch des Stiftes auf dem Papier, mein süßes, weißes Papier wie Milch, ein wenig cremig, alle schlafen. Ich dagegen, ich schlafe nicht, ich bin wach.

Ich lausche auf ihren Atem.

# 5 Finte

*Tagebuch des Mörders*

Mama ist heute abend mit Papa zu Bett gegangen, ich kann mir vorstellen, was sie tun. Sie berühren sich wahrscheinlich und küssen sich und vielleicht, nein, daran will ich nicht denken, ich habe feuchte Hände, ich trockne sie an meiner Schlafanzughose ab, ganz nah bei meinem... Ich darf ihn nicht berühren, sonst muß ich Pipi machen.

Sie wissen nicht, daß ich sie wiedererkannt habe, die Blondine aus dem Theater. Das war ein starkes Stück, sie hierher mitzunehmen. Jetzt bin ich sicher, daß Papa und sie... Wenn Mama das wüßte.

Ich schaue zu, wie der Schnee fällt, es ist sehr schön. Um die Tanne werden wir uns diese Woche kümmern. Es muß alles in Ordnung sein, wenn Sharon ankommt.

Ich habe Lust, eine Runde im Flur zu machen, an den Türen zu horchen, überall ein wenig herumzustöbern. Ich gehe gerne nachts spazieren, es ist, als wäre ich in ganz verschiedenen Häusern: im Haus der Papiere in Papas Arbeitszimmer, im Haus der Messer in der Küche, im Haus der verschlossenen Türen, der Schnarcher, der knarrenden Treppen, des knirschenden Parketts.

Es ist wie ein Haus voller Vampire, und ich, ich bin der Zeremonienmeister, der Meister des Rituals, der große Priester der schwarzen Messen. Der Wind drückt gegen das Fenster, ich schaue ihm zu und lächle ihn an.

Es ist entschieden, ich werde eine Runde machen. Man weiß ja nie. Manchmal bleibt aus Nachlässigkeit eine Türe offen. Manchmal treibt sich spätnachts ein Kind herum und kehrt nie zurück, oder eine Katze kommt daher und streicht dumm um meine Beine. Ich nehme einen Pullover mit für den Fall, daß ich raus muß. Ich ziehe Hausschuhe an, ich kann nicht sagen, welche Farbe sie haben, aber sie sind hübsch; wir haben alle ein Paar davon, jeder in einer anderen Farbe. Mama hat sie uns gestrickt.

Eine nette Runde auf dem Spielfeld. Ganz leise. Vorsichtig. Wegen der Späher. Wer ihr auch seid, laßt euch vor allem nicht hier blicken, denn ich bin völlig wach und warte, ich erwarte euch.

...

Es ist 5 Uhr. Ich habe eine Überraschung für den Spion vorbereitet. Mit Hilfe des Gegenstandes, den ich im Schrank des Arbeitszimmers wiedergefunden habe. Ich werde schnell zu Bett gehen, ich bin ganz durchgefroren. Ihre Tür war verschlossen. Pech gehabt. Ich habe das Rasiermesser weggeräumt.

*Jeanies Tagebuch*

Ich zittere wie Espenlaub und schreibe ganz schief. Ich glaube, ich habe noch nie in meinem Leben solche Angst gehabt. Wenn jemand dieses Tagebuch findet, soll er sich bitte nicht über diese verwackelten und hingekritzelten Zeilen wundern, aber diesmal habe ich wirklich Angst gehabt. So sehr, daß ich nicht sofort alles aufschreiben kann, ich werde deshalb zuerst von heute nacht erzählen.

Heute nacht habe ich gespürt, daß etwas hinter der Tür ist, wie neulich, ich bin mit einem Satz aufgewacht. Der Türgriff drehte sich gerade langsam. Ich sagte: »Vorsicht, ich habe einen Revolver.« Ich habe es leise, aber deutlich gesagt. Und eine Stimme, eine Stimme hinter der Tür hat geantwortet: »Ich werde dich dennoch töten.« Ganz leise hat sie das gesagt: »Ich werde dich dennoch töten.« Ich stürzte zur Tür, ich weiß nicht warum, eine Verrücktheit; ich habe aufgemacht. Aber es war niemand da, nur ein Geruch im Flur. Ein seltsamer Geruch. Der Geruch von Urin.

Das war die Nacht.

Heute morgen nach dem Frühstück gehe ich nach oben, nachdem sie das Haus verlassen haben. Wenigstens glaube ich, daß alle weg sind. Ich nehme den Mantel hoch, ich durchsuche das Futter, ich ziehe das Päckchen mit den Blättern heraus, es ist allmählich ein dickes Paket. Ich kauere auf dem Boden neben der Kleiderkammer und lausche auf alle Geräusche, und da die Alte singt, weiß ich genau, wo sie ist.

Ich lese. Plötzlich höre ich jemanden atmen. Einatmen. Ein Atemzug in meinem Rücken. Schwer. Keuchend. Ich verharre steif und entsichere den Abzug des Revolvers in meiner Tasche. Nicht bewegen. Keine ruckartigen Bewegungen. Er ist da, hinter mir, er hebt sein Messer, ich ziehe und drehe mich um. Niemand. Ich gehe zum Badezimmer, ich öffne die Tür mit einem Fußtritt, trete mit voller Kraft dagegen, sie knallt gegen die Wand, niemand. Aber ich höre immer noch Atemzüge. Ich höre immer noch Atemzüge!

Ich gehe mit der Knarre in der Hand im Zimmer herum. Auf dem Nachttisch stehen nur der Wecker und die Schlaftabletten von der Alten. Ich schaue das Bett an, das große Bett mit der fransigen Tagesdecke, dicke, rosarote Fransen, die bis auf den Boden reichen.

Jetzt wird der Atem schneller, kürzer. Als ob er sich … oder als ob er Angst hätte. Ich stehe nahe am Bett, ich muß diese Überdecke hochheben, ich muß. Ich werde endlich Bescheid wissen. Ich nähere mich auf leisen Sohlen, welches Spiel spielt er? Meine Güte, was hat er vor? Mir fehlt der Mut, die Decke hochzuheben, meine Hand ist ausgestreckt, ich rühre mich nicht. Da verändert sich der Atem und wird zur Stimme, zur flüsternden Stimme, es ist die gleiche wie in der Nacht, die leise und bedrohliche Stimme aus der Nacht, die mehrmals meinen Namen ausspricht: »Jeanie, Jeanie«, sagt die Stimme, »komm.« Ich höre ein seltsames Geräusch, mir wird klar, daß das meine Knie sind, die zitternd aneinanderstoßen. »Beeil dich, ich bin ungeduldig. Ha, ha, ha.« Jetzt kichert er, ein schrilles Kichern, das zu einer Art Lachen wird, ein schepperndes Lachen wie ein Husten, das Lachen eines Alten.

Ich betrachte dieses kichernde Bett, ich höre ganz deutlich das Hupen des Fleischers unten auf der Straße, aber hier ist kein Laut mehr zu hören, und plötzlich fällt mir etwas anderes auf: Ich höre kein Singen mehr, das Haus ist wie ausgestorben.

Das Lachen verstummt, kein Laut mehr, nichts, eine Stufe knarrt, ich drehe mich auf dem Absatz um, dann wende ich mich genauso schnell wieder dem Bett zu. Plötzlich ein schrilles Läuten. Gegen meinen Willen mache ich einen Satz, stürze mit meinem ganzen Gewicht gegen das Bett, es rutscht weg. Der Teppich ist völlig verschoben, das Bett zur Seite weggerutscht, aber ich sehe nichts darunter. Man hört auch keinen Atem mehr. Nichts mehr.

Nur noch eine Art Zischen. Vielleicht werde ich verrückt.

»Jeanie!« Ich zucke zusammen. »Jeanie, was tun Sie? Es ist bald 11 Uhr! Jeanie?« Die spitze Stimme durchbohrt mein Gehirn. »Der Fleischer ist da, Jeanie, kommen Sie herunter?« – »Ja, Madame, ich komme!« Wie seltsam meine Stimme klingt, ganz versteinert. »Ich komme!«, etwas lauter. Nichts rührt sich, ich beuge mich ruckartig hinunter und hebe die Decke hoch, damit rechnend, einen Messerstich ins Gesicht zu erhalten, aber nichts. Nur ein nettes, schwarz-graues Tonbandgerät im Leerlauf.

Ich zittere jetzt noch. Ich habe das Tonbandgerät genommen und bin hinuntergegangen. Ich weiß nicht, weshalb ich es mitgenommen habe, es war idiotisch, er hätte glauben können, daß es niemand gefunden hat. Schließlich ist er nicht wirklich sicher, daß ich sein Tagebuch lese.

Vielleicht hat er das Haar ja nie hineingeklebt. Vielleicht ist das ein Spiel, das er spielt, um die Spannung zu steigern, und er weiß gar nichts. Er rät einfach drauflos, im Spiel, ohne daran zu glauben. Jetzt aber wird er wissen, daß jemand das Tonband an sich genommen hat. Aber es ist zu spät, sie sind da, ich kann es nicht an seinen Platz zurückbringen. Ich habe es in meinem Zimmer versteckt, unter meiner Leibwäsche.

Sie machen sich gerade zum Essen fertig, Händewaschen und so weiter. Ein Tonband. Er amüsiert sich. Er macht sich über mich lustig. Das also hat er im Arbeitszimmer gefunden. Ich habe daran gedacht, als Rache seine Aufzeichnungen mitzunehmen. Es ist idiotisch, aber das ist der Ausdruck, der mir einfällt. »Als Rache«. Ich werde hinuntergehen, ich höre die Klingel.

*Tagebuch des Mörders*

Sie hat es genommen. Ich habe die Hand unter das Bett gestreckt. Es ist nicht mehr da.

Du mußt wirklich Angst gehabt haben, arme Jeanie, du hast geglaubt, dein letztes Stündchen ist gekommen, und du hast dich getäuscht. Man täuscht sich in so vielen Dingen im Leben. Jetzt mußt du dieses Tonbandgerät, das dir nicht gehört, zurückgeben, hörst du, Jeanie? Du mußt es an seinen Platz zurückbringen. Morgen kommt Sharon, alles muß seine Ordnung haben im Haus. Wir müssen Sharon diese Ehre erweisen. Also, du wirst das Tonbandgerät hergeben, und ich werde dir vielleicht verzeihen.

Das war nur ein Scherz, Jeanie, ein netter Scherz. Bis bald.

*Jeanies Tagebuch*

Nein, ich werde es nicht an seinen Platz zurückbringen. Keine Frage. Du hast einen großen Fehler gemacht, dreckiger kleiner Dummkopf, und du wirst dafür büßen. Weil ich jetzt einen Beweis habe. Einen Beweis dafür, daß es einen Verrückten in dieser Bude gibt.

»Jawohl, Fräulein, das ist in der Tat ein sehr geschmackloser Scherz, aber es bleibt doch ein Scherz, nicht wahr? Wenn wir alle Leute festnehmen wollten, die Scherze machen ... Ha, ha, ha!« Ich pfeif' drauf. Ich behalte es.

Ich weiß nicht warum, aber ich erhoffe mir viel von Sharons Kommen. Eine Verbündete. Eine, mit der ich all das teilen kann. Eine, die normal ist, die mir helfen wird, von hier zu verschwinden.

Ich geh' zur Toilette.

...

Ich habe die Gelegenheit genutzt und beim Likör vorbeigeschaut, das wärmt. Ein kleines Gläschen, das war alles.

Ich hatte Angst, daß der Doktor runterkommt, aber er liest wohl seine Medizinzeitschrift.

Um ehrlich zu sein, es waren zwei Gläschen. Na und? Ich habe eine kleine Stärkung verdient. Ich möchte Sie mal in dieser Situation erleben!

*Tagebuch des Mörders*

Ich habe ein Geschenk für Jeanie gekauft. Das wird ihr gut gefallen. Ich werde es ihr morgen geben. Nicht in ihre eigenen Hände natürlich. (Vor allem, weil Jeanies Hände nicht die saubersten sind.) Ich werde einen Weg finden. Eben habe ich sie beobachtet, wie sie hinunterging, dann wieder heraufkam und sich dabei den Mund abwischte. Sie muß im Weinkeller herumgeschnüffelt haben. Sie hat die angelehnte Tür nicht bemerkt: zu beschäftigt damit, Papa zu belauern. Idiotin. Sie hätte zwei schöne blaue Augen gesehen, die ihr überallhin folgten, wie die Augen eines Engels.

*Jeanies Tagebuch*

Ein Geschenk? Er wird allmählich lakonisch. Das beunruhigt mich. Habe keine Zeit zum Nörgeln, ich höre einen Wagen kommen. Das muß das Taxi von Sharon sein.

Schau an, an ein Taxi habe ich bisher nicht einmal gedacht. Aber im Taxi kommt man nicht weit. Nicht wenn man völlig abgebrannt ist. Und außerdem hinterläßt das Spuren.

Gut, ich gehe hinunter. Ich bin nervös. Ich habe einen trockenen Mund.

...

3 Uhr. Sharon ist ein hinreißendes junges Mädchen, braunhaarig mit glänzenden schwarzen Augen. Schlank und groß. Sie hat mich höflich begrüßt, ihre Tante flüchtig geküßt, die Hand ihres Onkels gedrückt.

Die Jungs waren nicht da. Sie kamen um 12 Uhr, völlig durchnäßt, und haben sie alle umarmt. Sie waren ein wenig verlegen. Mark hatte eine Akte unter den Arm geklemmt, zweifellos, um sich wichtig zu machen, und Clark hat sie mit ausgestreckten Armen hochgehoben, um die kräftigen Muskeln eines großen, dicken Blödmanns vorzuführen. Der Doktor war höflich, mehr nicht. Er sieht nicht aus, als würde er sich übermäßig freuen, sie ist die Tochter des Bruders seiner Frau, das merkt man. Ich habe die Jungs genau beobachtet: nichts Auffälliges.

Sie selbst war zu keinem von ihnen aggressiv. Sie hat den Zwischenfall mit dem Ofen vielleicht vergessen. Oder vielleicht hält sie das für eine alte Geschichte.

Aber lassen wir dieses Spiel von wegen »vielleicht dieses, vielleicht jenes« oder »Kneif mich, damit ich weiß, daß ich nicht träume.« Jeanie, du wirst eine richtige Schriftstellerin.

Ein ruhiges Essen mit der Familie; bleibt nur noch, auf die Würdigung der Situation durch Jack the Ripper zu warten. Jack the Ripper... ein ziemlich vorbelasteter Name... Das gibt zu denken. Dieser kleine Jack, wahrlich, wahrlich...

Ich muß einen Weg finden, um mit Sharon zu sprechen. Und wenn sie mich auslacht? Es hat aufgehört zu schneien, es sieht aus, als ob das Wetter schön wird.

# 6 Ballwechsel

*Tagebuch des Mörders*

Erschallt, Trompeten der Apokalypse! Stürzt nieder, Mauern von Jericho! Sharon, die Verräterin, ist angekommen! Das Götzenbild ist in unseren Mauern... Ich habe gerade *Samson und Dalila* im Fernsehen gesehen. Das war lustig. Sicher hat jeder von uns eine geheime Kraft. Er verbirgt sie vor den anderen, damit sie ihm keiner raubt. Keine von diesen Schlampen auf jeden Fall.

Ich hätte mich nie kriegen lassen. Dalila hin, Dalila her. Sharon hin, Sharon her. Nur dir vertraue ich mich an, geliebtes Tagebuch, und du wirst mich nicht verraten. Den Spion zähle ich nicht zu den Vertrauten, er ist ein Zuschauer. Und noch dazu ein vergänglicher, ein sehr vergänglicher Zuschauer, könnte man sagen, ha, ha! Wie der andere, der sich mir in den Weg stellen wollte. Das fünfte Rad am Wagen. Exit der Zuschauer.

Ich war sehr freundlich zu Sharon. Ich spürte, daß Jeanie uns alle belauerte. Ich bin immer sehr höflich zu den Damen. Wir sind alle sehr höflich. Man schlägt eine Frau nicht, »nicht einmal mit einer Blume«, sagt Mama, ich habe niemals Frauen geschlagen, ich vernichte sie, das ist alles. Ich scherze, liebes

Tagebuch, ich bin fröhlich. Ich bin ein schöner Mörder, im besten Mannesalter, in der Blüte seiner Jugend, ein Jäger auf dem Kriegspfad, ein Jäger, der gerade eine sehr verlockende Beute erschnüffelt hat. Aber dabei muß man aufpassen, Freunde! Bei den vielen Bullen, die hier in der Gegend herumstreunen, muß ich einen tollen Coup landen.

Natürlich wirst du versuchen, mich daran zu hindern, Spion. Viel Glück.

Meine Füße riechen nach Schweiß. Das ist unangenehm. Ich stelle mir vor, mich in einem Zimmer vor einem Mädchen auszuziehen, und sie sagt: »Es stinkt«, und ich weiß genau, daß es meine Füße sind, die ganz feucht und warm sind, von denen dieser schreckliche Geruch ausgeht.

Ich mag Gerüche nicht, sie rauben mir den Atem. Sie erinnern mich an Schweinereien.

Verflixt, jetzt habe ich das Geschenk für Jeanie vergessen, ich werde es ihr sofort bringen, sonst glaubt sie noch, ich halte meine Versprechen nicht.

### *Jeanies Tagebuch*

So riskiert er alles. Der selbstgefällige Kerl. Und er glaubt, daß seine Füße stinken. Minderwertigkeitskomplex, ganz klassisch, Doktor Watson, es genügt, die einschlägigen Bücher zu lesen! Das Problem ist, daß ich, Jeanie Großmaul, Mühe damit habe zu glauben, daß Bücher derartige Dinge wissen und den guten Mann auseinandernehmen können, ohne ihn überhaupt zu kennen.

Sharon ist in Gefahr. Er wird sie umbringen, das weiß ich. Er hat zu sehr damit geprahlt, er muß es tun. Er hat sich selbst in die Lage gebracht, es tun zu müssen, weshalb? Weil er Angst hat zu kneifen? Weil er gar nicht so große Lust dazu hat? Dalila... Sharon... Ist er vielleicht verliebt in sie? Fühlt er sich von ihr reingelegt?

Ich ertappe mich dabei, mehr Zeit damit zu verbringen, Gründe für sein Verhalten zu suchen, als herauszufinden, wer er ist, und während die Lösung vor mir liegt, bestehe ich darauf, sie in meinem Kopf zu suchen.

Heute abend haben sie über den Unfall von Sharons Eltern diskutiert, nichts Ernstes. Sharon möchte im Informatikbereich arbeiten, wie Stark. Er war ganz hingerissen von dieser Idee und hat nach dem Essen versucht, sie auf dieses Thema zu bringen. Der Doktor hat eine Flasche Sherry aufgemacht. Die Jungs mögen keinen Alkohol (im Gegensatz zu ihrem Vater), die Mutter hat einen Tropfen davon genommen und ich zwei. Das sieht ihnen ähnlich, mir etwas zu trinken anzubieten, wenn sie selbst trinken, damit ich mich ja nicht ausgeschlossen fühle oder minderwertig. Im übrigen ist es ihnen gleichgültig, daß die Kinderchen mich um die Ecke bringen!

Gerade hat jemand an meine Tür geklopft. Richtig geklopft, dreimal, mit einer Pause dazwischen. Nicht zu heftig. »Wer ist da?« Keine Antwort. Steht denn niemand auf, um nachzusehen, was los ist?

Jemand hustet hinter der Tür.

Lieber Gott, mach, daß nur jemand pinkeln geht und sagt: »Ach, du bist es, schau an, was machst du denn hier?« Mach das, nur das, das ist doch nicht schwer, verdammt! Schritte entfernen sich, eine Tür wird abgeschlossen. Ich höre, wie die Türfalle einschnappt und der Schlüssel sich im Schloß dreht, sie schließen alle ab hier. Ich ziehe den Revolver, ich werde die Tür öffnen. Viellcicht liegt die Leiche von Sharon davor. Ich drehe den Schlüssel um, nichts rührt sich auf der anderen Seite. Ich zögere einen Moment. Ich öffne.

...

Eine Flasche Gin. Eine Flasche Gin, die jemand vor meiner Tür abgestellt hat. Ganz voll. Das Geschenk für Jeanie. Was soll das heißen? Soll ich mich damit begnügen zu trinken und sie aufmachen? Vielleicht will er eine Beziehung zu mir aufbauen... genau, eine Verbindung, ein direkteres Verhältnis als über das vermittelnde Tagebuch, testen, ob ich das Spiel annehme. Mich zum Schweigen bringen. Auf jeden Fall werde ich keinen Schluck trinken. Den Gefallen werde ich dir nicht tun, mein Liebling.

Du verausgabst dich im Moment wirklich, kleines hirnloses Monster, hirnloses und schwanzloses Monster, ha, ha, ha! als wärst du verwirrt, dreckige Schlange... Es wäre ausreichend, zu beschließen, nicht hinunterzugehen, nie mehr hinzugehen. Das Spiel abbrechen. Ende. Aus.

Und Sharon? Und weggehen? Manchmal vergesse ich, daß ich gehen muß. Ach, ich kenne mich nicht mehr aus, es ist immer dasselbe! Und diese Flasche, die mich verhöhnt, ich weiß nicht, was mich davon abhält, sie aus dem Fenster zu werfen.

*Tagebuch des Mörders*

Heute morgen beim Frühstück war meine Cousine Sharon dabei. Sie hat Haferflocken und einen Pfannkuchen gegessen. Sie wird ins Shelley-Gymnasium gehen, Madame Blint kann sie hinbringen, wenn sie zur Arbeit fährt. Sie werden vielleicht über Karen sprechen. Die Mutter von Sharon ist Jüdin. Papa hat es Mama erzählt. Er hat gesagt: »Man käme wirklich nicht darauf, daß sie Jüdin ist, sie schlägt ihrer Mutter überhaupt nicht nach.«

Ich habe nichts gegen Juden. Das ist nicht der Grund, weshalb ich sie töten werde. Die jüdischen Mädchen unterscheiden sich nicht von den anderen. Dasselbe hinfällige Fleisch. Derselbe schreiende Mund. Dieselben aufgerissenen Augen.

Ich habe gehört, wie Jeanie gestern abend ihre Tür aufgemacht hat, um ihre Überraschung in Empfang zu nehmen. Sie muß sich gefreut haben. Hast du dich gefreut?

Meine kleine Jeanie, die ich liebevoll hege und pflege, wie eine gute Gans, die man für Weihnachten mästet. Du sollst zu Kräften kommen. Und ein bißchen versuchen, mich daran zu hindern, die kleine Jüdin mit den schwarzen Augen umzubringen.

Die Männer vom Ku Klux Klan verbrannten die Schwarzen früher. Auf großen brennenden Kreuzen. Ich wäre nicht gerne schwarz. Die Leute hindern dich daran, gewisse Dinge zu tun, nur wegen deiner Hautfarbe oder deines Ursprungs. Papa sagt, daß wir in diesem Land alle gleich sind, aber das ist nicht wahr. Die Waisen zum Beispiel sind benachteiligt. Und die Behinderten auch, die Leute lachen über sie. Sie sind wie halbe Menschen, und alle verachten sie.

Mich mögen alle. Ich tue alles dafür. Und alle mögen mich. Außer Jeanie.

*Jeanies Tagebuch*

*Das hättest Du wohl gern, daß Dich alle mögen, was, aber wie kann man Dich mögen, wenn man Dich gar nicht kennt, wenn Du gar nicht existierst? Hast Du das verstanden, daß Du gar nie existiert hast? Sobald Du anfängst zu lügen ist es, als ob Du nichts weiter wärst als ein Traum. Selbst wenn Du Menschen umbringst. Das bist nicht Du, der es tut, sondern dieser Traum. Und der, den die Leute mögen, das ist ein anderer Traum, und Du, zwischen beiden, Du bist nichts, nur ein Übergang, ein morscher Steg.*

Ich werde das kopieren und nach oben bringen. Mit den Notizen. Denken wir mal nach. Wenn ich das tue, heißt das: »Einverstanden, ich spiele mit.« Nur will ich gar nicht spielen.

Aber es könnte vielleicht etwas ändern. Mit ihm sprechen. Ihn überzeugen. Ihm alles erklären. Ihn soweit bringen, daß er die Todesstrafe, die ihn erwartet, akzeptiert.

Der Streik ist zu Ende. Ich kann gehen, wann ich will. Ich muß ausrechnen, wie meine Chancen stehen. Werde ich genug Zeit haben, mich aus dem Staub zu machen, wenn er mich verrät? Es ist entschieden, ich versuche es, ich gehe. Ich werde Sharon eine Nachricht hinterlassen, in der ich ihr alles erkläre. Damit sie auch abhaut. Ich werde seine Notizen mitnehmen. Das wird ihm angst machen. Ich weiß es. Ich werde sie morgen früh holen, sobald sie weg sind.

Heute abend packe ich meinen Koffer.

*Sharon,*

*Sie werden zweifellos denken, daß ich verrückt bin, aber ich bin es nicht. Es gibt in diesem Haus einen Jungen, der krank und gefährlich ist. Ich weiß, daß er mehrere Personen umgebracht hat, darunter unsere kleine Nachbarin Karen, mit einer Axt.*

*Ich weiß nicht, wer er ist. Ich weiß, daß er verrückt ist, weil ich sein Tagebuch gefunden habe. Ich kann es Ihnen nicht hierlassen, ich muß es mitnehmen. Aber ich bitte Sie, glauben Sie mir und gehen Sie von hier weg, denn er will auch Sie töten. Er hat es geschrieben, und glauben Sie nicht, daß das ein Scherz ist, ich flehe Sie an, gehen Sie und warten Sie, bis ich die Polizei verständigt habe.*

*Ich kann das nicht tun, bevor ich nicht in Sicherheit bin, aber ich wiederhole es, Sie müssen unbedingt abreisen, oder Sie werden auch sterben. Der Junge, der Sie umbringen will, ist derjenige, der Sie als Kind in den Heizkessel stoßen wollte. Das ist alles, was ich von ihm weiß.*

*Mit meiner ganzen Freundschaft und der Hoffnung, daß Sie mir glauben, obwohl das hier ziemlich übergeschnappt klingt.*

*Ihre Jeanie.*

So, das werde ich hierlassen. Kümmern wir uns jetzt um die Koffer.

*Tagebuch des Mörders*

Sharon muß sterben, nichts wird das verhindern. Hast du verstanden?

*Jeanies Tagebuch*

Er hat alle seine Notizen an sich genommen; das muß er heute nacht getan haben, es ist schrecklich, als ob er wüßte, was ich denke. Obwohl ich sicher bin, daß er nicht lesen kann, was ich schreibe, weil ich es immer bei mir habe.

Sie sind alle weggegangen. Die Alte ist im Salon, sie hat das Radio angemacht und hört religiöse Sendungen an. Sharon schläft noch, sie hat erst um 9 Uhr Unterricht. Mein Koffer ist gepackt. Es ist 7 Uhr 30. Adieu, Drecksbude, adieu Alptraum.

Ich werde per Autostop bis in die Stadt fahren und dann,

schwupp! der erste Bus, der geht, und ciao! Das ist ein Wort, das geradezu nach Sonne riecht. Ich hau' ab. Ich lasse die Flasche Gin zurück. Ich würde es mir übelnehmen, ein Geschenk von diesem Hurensohn mitzunehmen. Und mein vorgeschossenes Monatsgehalt lasse ich auch hier, ich pfeif' drauf, ich gehe.

Ich werde die Nachricht in Sharons Mantel lassen, dann wird sie sie auf dem Weg zur Schule finden, und dann durch die Tür und hinaus! ... In der Natur verschwinden. Das schreiben sie immer in den Zeitungen. Aber worauf warte ich! Auf, auf, und tschüs.

...

Da bin ich wieder. Der Schnee ist in Regen übergegangen. Ein schmutziger, schlammiger Regen wie aus Kübeln. Da bin ich wieder. Zurück in meinem Gefängnis.

Ich saß im Bus, in einem Bus, der in den Süden fuhr. Ich hatte meine Fahrkarte. Der Busfahrer stieg ein und ließ den Motor an, es war 11 Uhr. Ich hatte am Bahnhof gewartet, in eine Ecke gekauert, durchgefroren. Ich hatte Angst vor den Bullen, vor meinen Leuten, vor allem. Ich fror und schwitzte zugleich.

Ich saß also dort mit meiner Tasche auf den Knien, als ich plötzlich aus dem Fenster blickte und Madame Blint mit einer großen Einkaufstasche und einer gelben Skimütze sah. Ich habe zuerst ihre Mütze erkannt. Sie hatte Sharon bei sich, sie unterhielten sich, und Sharon hatte die Hände in den Taschen ihres Anoraks vergraben. Ich betrachtete sie einen Moment gerührt, und dann wurde mir klar, daß sie einen Anorak trug. Nicht ihren marineblauen Mantel, sondern den grünen Anorak von Clark, der neben ihrem Mantel hing (ich hatte ihn am Morgen sogar gesehen) und der sicherlich wärmer ist als ihr Mantel.

Also habe ich mir gesagt, daß sie meine Nachricht nicht gelesen haben kann, da sie ihren Mantel nicht trägt. Sie gingen auf das Auto von Madame Blint zu, das ein Stück weiter unten stand und von schmelzendem Schnee bedeckt war.

Und ich, Jeanie mit den glänzenden Ideen, ich wußte nicht, was ich tun sollte.

Der Busfahrer sagte: »Es geht los.« Ich dachte: Bestimmt wird sie meine Nachricht beim Nachhausekommen finden, ich brauche mir sicher keine Sorgen zu machen; aber wenn der Verrückte seine Finger im Spiel hat, dann weiß man nie. Man weiß ja nie, und Unsicherheit in dieser Geschichte endet vermutlich in einem schönen Eichensarg.

Versetzen Sie sich mal in meine Lage. Ich rief: »Moment!«, stand auf und stieg aus dem Bus. »Was jetzt, fahren Sie mit oder nicht?« meckerte der Fahrer. »Nein!« Ich sprach es gegen meinen Willen aus, es war mein Mund, der es sagte. Ich lief um den Bus herum und sah sie vor mir gehen, ich schüttelte den Kopf. Es hätte gereicht, sie einzuholen und zu Sharon zu sagen: »Ich muß mit Ihnen sprechen!« Das hätte gereicht.

Ich näherte mich ihnen, wobei ich mir die Füße im Schlamm fast verrenkte, sah die Jungs mit dem Kombi am Gehweg stehen und Sharon, die lachend einstieg. Sie ließen den Motor an. Ich schrie: »Madame Blint!« Sie hörte mich nicht.

Ich schrie lauter, Madame Blint drehte sich um, ich lief zu ihr: »Ach, guten Tag, Jeanie.« Sie hatte traurige Augen, wie immer. »Guten Tag, Madame, ich bin hier, um Weihnachtseinkäufe zu machen, können Sie mich mit zurücknehmen?« – »Aber sicher.« Wir stiegen in den Wagen.

Er war warm und roch nach feuchtem Hund. Ich sagte: »Sie ist nett, die kleine Sharon.« – »Ja, sie erinnert mich an meine arme Karen.« So weit, so gut. Ich hielt meinen Mund, bis wir zu Hause waren. Ich stieg aus, ich bedankte mich. Im Garten machten die Kinder eine Schneeballschlacht, ich ging hinein. Die Alte überschlug sich fast: »Na endlich, Jeanie, wo waren Sie denn? Die Kinder sind bereits da!« Ich zog meinen grauen Mantel aus und brachte meine Tasche in mein Zimmer.

Sie rief mir von unten hinterher: »Aber so erklären Sie sich doch!« – »Verzeihung, Madame, mir ist eingefallen, daß meine Mutter heute Geburtstag hat, ich habe ihr ein Telegramm geschickt.« – »Sie hätten mir Bescheid sagen können, finden Sie nicht?« – »Das habe ich getan, aber Sie müssen es wegen des Radios überhört haben, bitte entschuldigen Sie.« – »Verrückte Ideen haben diese Mädchen manchmal...«, murmelte sie und ging zurück in die Küche. Ich ging wieder hinunter und bemerkte ganz beiläufig, während ich den blauen Mantel durchsuchte: »Ich werde Ihnen helfen.« Aber es war nichts im blauen Mantel, keine Nachricht, nichts.

»Ich habe Frikassee gemacht«, sagte die Alte. »Sehr gut, Madame.« Meine Stimme war anmutig wie die einer Kröte. Es klingelte. Ich ging aufmachen. Zuerst kam Sharon lachend herein mit roten Wangen, dann Mark, Jack, Stark und Clark, alle aufgedreht und feucht, dann der Doktor, der seine Haare glattstrich.

Verflixt, hab' keine Zeit mehr, den Rest zu erzählen, ich muß runter. Verflucht noch mal, ich hab' die Schnauze voll.

## *Tagebuch des Mörders*

Ziemlich ausgefüllter Morgen. Papa ist in seine Praxis gefahren, Mark ist ins Büro gegangen, Jack und Stark in ihre verflixten Kurse und Clark ins Krankenhaus, zu einer Obduktion.

Ich blieb einen Moment, wo ich war (zur Wahl stehen:

Büro, Krankenhaus, Universität oder Konservatorium), und ging dann, da gerade Zeit für eine Pause war, zurück zum Kombi. Wir haben alle einen Schlüssel. Unseren Führerschein haben wir alle zusammen im vergangenen Jahr gemacht. Ich habe den Wagen angelassen und bin hierher zurückgekommen. Ich war unruhig. Verstehst du, liebes Tagebuch, ich mißtraue Jeanie im Moment ein wenig. Sie scheint verwirrt und kurz davor, irgendwelche Dummheiten zu machen.

Ich habe den Wagen hinter dem Haus geparkt. Um diese Zeit sind alle in der Stadt oder zu Hause, wie Mama. Ich habe ganz leise die Tür aufgemacht, auf das Radio und die Stimme von Mama, die leise vor sich hin sang, gelauscht und bin lautlos nach oben gegangen. Ich bewege mich immer völlig lautlos fort, wie eine Katze. Ich habe den Griff von Jeanies Tür umgedreht, aber von Jeanie war nichts zu hören. Ich lauschte aufmerksamer, hörte aber nur Mama. Ich hatte sehr wenig Zeit.

Ich zog mein Messer heraus, öffnete die Tür, das Zimmer war leer. Die noch volle Flasche stand auf dem Tisch, sonst nichts. Jeanie war weg, ich habe es sofort gespürt. Sie wollte mich für dumm verkaufen. Wie ist es möglich, daß du die arme Sharon im Stich gelassen hast? Ich habe dich für moralischer gehalten, Jeanie, für tugendhafter, immer darauf bedacht, andere zu belehren... wirklich, ich war enttäuscht. Solltest du nicht einmal versucht haben, sie vor der schrecklichen Gefahr zu warnen, in der sie sich befindet? Solltest du versucht haben, mich reinzulegen, Jeanie?

Du hast es versucht, nicht wahr? Aber es ist, als ob die Götter gegen dich sind, meine Gute, denn ich habe die Nachricht an mich genommen und werde Sharon töten. Wer Ohren hat zu hören, der höre!

Ich weiß auch schon wie, wo und wann.

Bevor ich in mein Zimmer zurückkam, habe ich nachgesehen und das gelesen. Daß er sie umbringen wird und daß er den Zettel an sich genommen hat. Mittags haben alle ordentlich zugelangt. Ich konnte keinen Moment mit Sharon allein sein. Immer war mir jemand auf den Fersen. Sie kreisen um dieses Mädchen wie die Fliegen um den Fleischstand.

Es beunruhigt mich, daß er heute morgen zurückgekommen ist. Das heißt, daß er nicht davor zurückschreckt, ein Risiko einzugehen, und daß man hier herumspazieren kann, ohne daß irgend jemand etwas hört, und daß ich ab und an, wenn ich mich allein glaubte, vielleicht gar nicht allein war. Vielleicht nicht. Bei dem Gedanken läuft es mir kalt den Rücken runter. Ich bleibe. Im Grunde habe ich nicht viel zu verlieren, außer meinem Leben, und es gibt Dinge, die man nicht zulassen kann, und überhaupt, ich weiß nicht, ich komme nicht mehr los davon. Ich versinke darin.

Vielleicht setzt er mich unter Drogen oder vergiftet mein Essen? Unmöglich. Wenn sie zu Hause sind, bin ich fast immer in der Küche. Ob dieser Gin Gift enthält? Ich muß ihn versuchen. Nein.

...

Ich habe die Flasche aufgemacht und daran geschnüffelt.

Es riecht nach gutem Gin. Nach sonst nichts. Ich habe einen Schluck genommen und hinuntergeschluckt. Ich warte.

Nichts. Gin, das ist alles. Ich verstehe das nicht. Ich habe das zweite Buch zu Ende gelesen. Es ist 6 Uhr, sie kommen gleich zurück; nichts Neues erfahren.

Immer dieselben Rätsel. Und eine alte, erschöpfte Jeanie.

# 7 Schmetterball

*Tagebuch des Mörders*

Heute beim Abendessen fragte Sharon, ob wir vorhätten, zum Skilaufen zu fahren. Papa hat gesagt: »Aber sicher, wenn es weiter so schneit, fahren wir am Sonntag.« Sie lächelte.

Sie ist hübsch, wenn sie lächelt. Aber das ist normal, das ist das Lächeln, mit dem sie Leichtgläubige anlockt, eine Falle für Einfaltspinsel.

Bei mir funktioniert das nicht, meine Kleine.

Ich habe dich beobachtet, Jeanie, während du aufgetragen hast, mit deinen dicken, roten Bauernhänden, du hast uns alle belauert. Du hast mich einen Augenblick mit nachdenklicher Miene angesehen, bevor du zu einem anderen von uns blicktest. Du hast mich angeschaut, ich habe gesehen, wie du mich angeschaut hast, du hast meine Augen und mein Gesicht gesehen, aber hinter diesem Augenpaar, das du anschautest, war ich, und zwei andere, stechende Augen, die auf dich gerichtet waren und die du nicht sehen konntest.

Letztlich amüsierst du mich, meine arme Jeanie, aber du bist nicht in der Lage, hinter die Dinge zu blicken.

Um auf Sharon zurückzukommen, liebes Tagebuch, wir gehen morgen alle zusammen ins Kino; in einen schönen, dunklen Kinosaal voll mit den verschiedensten Geräuschen: Geräusche von Popcorn, Geräusche von Flaschen, Geräusche eines jungen Mädchens, das erstochen wird...

Adieu, Jeanie, Tagebuch, ich bin müde, ich ziehe meinen Schlafanzug an und falle ins Bett.

*Jeanies Tagebuch*

16 Uhr 30. Habe wirklich kein Glück. Ich konnte heute morgen nicht hinaufgehen, da die Alte krank war, Migräne oder was weiß ich, und deshalb die ganze Zeit in ihrem Zimmer geblieben ist. Mittags war es unmöglich, mit Sharon unter vier Augen zu sprechen, sie spielten alle zusammen Scrabble. Jetzt sind sie weg. Sie kommen heute abend nicht zum Essen, weil sie Sharon ins Kino mitnehmen. Der Doktor muß mit ihnen gehen. Man kann wirklich nicht behaupten, daß sie ihnen viel Freiraum lassen, aber was soll's... unter den gegebenen Umständen um so besser.

Die Alte sitzt unten vor dem Fernseher, ich werde auf einen Sprung in ihrem Zimmer vorbeischauen.

...

Um Gottes willen, der Hundesohn! Ich muß heute abend auch dorthin! Aber wie könnte er es wagen, wenn sein Vater daneben sitzt? Ob er nur blufft? Um mir angst zu machen? Um mich schweißgebadet im Kino ankommen zu sehen und mich innerlich auszulachen, »hinter seinen Augen«, wie er es nennt.

Aber ich riskiere nichts, wenn ich hingehe, nur zur Sicherheit, und sie noch weniger als ich. Da sie alle ausgehen, werde ich meinen freien Abend nehmen. Hoffentlich ist das kein böser Streich!

*Tagebuch des Mörders*

Dummkopf! Du sahst wirklich zu schlau aus mit deinem häßlichen Armeleutemantel, wie du da ein wenig abseits saßest. Zum Glück weiß niemand, daß du unsere Haushälterin bist, denn ich hätte mich geschämt. Papa hat dir ein kleines Zeichen gegeben, aber ich habe genau gesehen, daß er verstimmt war.

Sharon saß am Ende der Reihe, zwischen Papa und der Wand, also wäre es heute abend sowieso nicht gegangen, mit dir oder ohne dich, meine Dicke, tut mir leid, daß du dich umsonst bemüht hast. Aber es war ein schöner Film, nicht wahr? Ein bißchen blutig vielleicht. Heutzutage kann man nicht ins Kino gehen, ohne ein paar schöne, saftige Morde zu sehen, und wie du weißt, meine Gute, ist das der Fortschritt und gefällt mir ausgezeichnet!

Wenn du nie antwortest, wird es mir allmählich langweilig, dir zu schreiben. Ich werde für das Tagebuch wohl einen anderen Platz suchen müssen.

Sonntag fahren wir zum Skilaufen. Das wird ein schöner Tag. Spitze Felsen, defekte Bindungen, Hals gebrochen, la la la, Jeanie, du kannst mich mal.

*Jeanies Tagebuch*

Ich pfeif' drauf, ich gehe mit. Ich kann zwar nicht Ski laufen, aber ich werde sie beobachten, er wird sie nicht ins Abseits locken können.

Ihm antworten ... Ich habe daran gedacht, aber das macht mir angst. Und überhaupt, ist das nicht, als wäre ich seine Komplizin?

Im Kino waren sehr viel Leute. Der Doktor hat mich gesehen, er hat mir ein Zeichen gegeben, er drückte die Kleine an sich, das alte Schwein. Das war vom Sohnemann mit Sicherheit nicht vorgesehen, daß das alte Schwein sie ganz für sich allein behält. Ich bin völlig umsonst hingegangen, zudem war der Film schlecht, eine Geschichte von Pseudo-Gangstern, die natürlich im Knast enden. Ich ziehe es vor, im Kino zu lachen. Aber wieviel Zeit vergeude ich damit, mein Leben zu erzählen... Obwohl ich ja eigentlich genug Zeit habe. Heute morgen sind alle sehr schnell gegangen, aber heute abend werde ich mit Sharon sprechen. Gleichzeitig frage ich den Doktor wegen des Skilaufens. Er wird es nicht wagen, nein zu sagen. Dafür spielt er viel zu gerne den großen Herrn. Und außerdem kann ich mich um die Brotzeit kümmern. Ich werde schon mal mit der Alten darüber sprechen. Wenn sie auch mitfahren würde, wäre alles geklärt. Ein Familienausflug...

*Tagebuch des Mörders*

Jeanie wird langsam lästig. Sie umkreist Sharon geradezu. Beim Essen hat sie sich doch tatsächlich erdreistet, Papa zu fragen, ob sie am Sonntag mit uns wegfahren könne. Was für eine Frechheit!

Wenn sie glaubt, daß mich das daran hindern wird, meine Pläne auszuführen, dann hat sie sich getäuscht.

Sharon hat mich heute abend mit einem merkwürdigen Gesichtsausdruck angesehen. Ich habe meine unschuldigste Unschuldsmiene aufgesetzt. Ich mag diesen Blick nicht. Es ist, als ob sie etwas ahnen würde. Aber das ist unmöglich. Sie kann aufgrund dessen, was vor langer Zeit passiert ist, nicht mißtrauisch sein. Sie kann ja nicht wissen, daß...

Es ist, als ob sie instinktiv spüren würde, daß ich Theater spiele. Das gefällt mir nicht. Sharon ist eine Gefahr für mich. Ich muß sie beseitigen. Wenn sie mich anschaut, habe ich das Bedürfnis, den Blick zu senken.

Was dich betrifft, Jeanie, geh mir lieber aus dem Weg, ich habe keine Lust mehr zu spielen.

*Jeanies Tagebuch*

Einverstanden, guter Mann, aber jetzt habe ich keine Lust mehr, die Partie aufzugeben, nicht jetzt.

Heute abend hat sich viel ereignet. Vor dem Essen ist es mir gelungen, Sharon im Hausflur festzuhalten.

Die Jungs haben ein Quiz im Fernsehen angeschaut, und die Tür war angelehnt. Wir waren für fünf Minuten allein. Ich habe mich geräuspert: »Sharon, ich muß mit Ihnen sprechen, etwas ist nicht in Ordnung hier.« – »Was meinen Sie?« – »Ich meine, daß es hier jemanden gibt, der etwas verbirgt. Etwas schlimmes. Einer der Jungs hier tut Dinge, die er niemandem erzählt, ich habe sein Tagebuch gelesen.« – »Was für Dinge?« – »Sie werden mir nicht glauben, Sharon, aber ich schwöre Ihnen, daß es wahr ist, er tötet Menschen.«

Sharon sah mich mit einem merkwürdigen Gesichtsausdruck an und wich ein wenig zurück.

»Ich bin nicht betrunken, glauben Sie mir, ich bitte Sie, es geht um Ihre eigene Sicherheit, deshalb erzähle ich Ihnen davon.« – »Ich verstehe nicht. Wenn Sie das wissen, weshalb sagen Sie nichts?« – »Ich weiß nicht, wer er ist, verstehen Sie?« – »Sie haben doch gerade gesagt, daß Sie sein Tagebuch gelesen haben?« – »Ja, aber er verschleiert seine Identität, ach! es ist zu kompliziert, um es im Detail zu erklären, alles was ich weiß ist, daß es sich um den Jungen handelt, mit dem Sie sich als Kind geprügelt haben, der Sie in den Ofen stoßen wollte, erinnern Sie sich, wer das war? Sagen Sie mir seinen Namen, Sharon, das ist alles, worum ich Sie bitte.« – »Seinen Namen?« – »Ja, seinen Namen, welcher war es? Selbst wenn Sie mich für eine arme Irre halten, sagen Sie ihn mir.« – »Hören Sie, Jeanie, Sie verblüffen mich, was Sie mir erzählen, ist so befremdend!«

In diesem Moment kam der Doktor aus dem Keller zurück und fragte Sharon, ob sie Weißwein möge, und Sharon sagte ja. Die Alte öffnete die Küchentür, es roch verbrannt: »Jeanie, Jeanie, kommen Sie schnell!« »Ich sehe Sie später«, flüsterte Sharon, während sie dem Doktor folgte, der ihr von den kalifornischen Weinbergen erzählte. Ich kehrte in die Küche zurück.

Nach dem Essen, als ich den Tisch abräumte, gingen alle ins Wohnzimmer, um den Western im Fernsehen anzuschauen. Hoffentlich erzählt sie ihnen nichts. Sie muß mich für verrückt halten.

Ich bin in meinem Zimmer. Ich warte. Sie wird sich vielleicht entschließen zu kommen. Ich könnte ein Gläschen Gin trinken. Nein. Gut.

Ich habe keine Zigaretten mehr, natürlich. Jemand geht im Flur herum. Jemand, der näher kommt, zur Toilette geht... die Wasserspülung, Schritte zurück, an meiner Tür vorbei, stehenbleiben, jemand klopft leise an die Tür. Ich öffne.

...

Es ist unerhört! Wie kann sie das vergessen haben?

»Hören Sie, Jeanie, niemand hat je versucht, mich kopfüber in einen Ofen zu stoßen.« – »Aber ich habe es doch gelesen, er hat es geschrieben!« – »Haben Sie diese Notizen?« – »Nein, er hat sie an sich genommen.« – »Ach so, natürlich!« (Sie hat mich mit einem merkwürdigen Blick angesehen.) Ich habe ihr alles erzählt, von Karen, die mit einer Axt umgebracht wurde, und das alles... Karen habe ich schließlich nicht erfunden!

Es ist schrecklich, ich zweifle an mir. Ich zweifle an dem, was ich gelesen habe. Und wenn? Nein... wenn ich nun verwirrt wäre, wenn ich diejenige wäre, die das alles erfunden hat? Wenn ich mir eine Doppelgängerin erfunden hätte, eine Doppelgängerin, die an meiner Stelle...? Nein, nein, ich will mir das gar nicht in den Kopf setzen.

Sharon flüsterte mir zu: »Ich werde versuchen, mich zu erinnern, ich verspreche es Ihnen, ich werde es wirklich versuchen, machen Sie sich keine Sorgen, beruhigen Sie sich.«

Aber ich bin nicht verrückt, mein Gott! Nein, Jeanie, keinen Gin, meine Gute, oder ach, nur einen Schluck, das wird nichts schaden. Uaaah, das ist stark!... Ich bin nicht verrückt. Ich bin ganz ruhig geblieben und habe ihr alles erzählt. Ich habe ihr sogar das Tonband vorgespielt.

»Jeder kann so flüstern«, hat sie gesagt, »es könnte sogar eine Frau sein, es hört sich an wie eine Kinderstimme, wirklich eine sehr hohe Stimme...« Ich kann mir vorstellen, was du andeuten möchtest, Sharon, daß ich eine verbitterte alte Jungfer bin, eine Chaotin, eine gefährliche Verrückte oder Schlimmeres, und daß du Informationen über mich einholen wirst und daß das mein Image nicht verbessern wird.

Und wenn sie zur Polizei geht? Dieses Risiko kann ich nicht eingehen, ich werde ihr sagen, daß alles nur ein Scherz war... Was für ein Durcheinander!

Verflixt, ich habe einen Fleck gemacht, ich hasse fleckige Hefte, ich werde jetzt aufhören und mein Glas im Bett austrinken. Gute Nacht, Jeanie.

*Tagebuch des Mörders*

Übermogen fahren wir zum Skilaufen, übermorgen fahren wir zum Skilaufen, tralali, tralala, magst du es, wenn ich singe, alte Vettel? Wie du sicherlich bemerkt hast, schreibe ich hier nichts Interessantes mehr, nur soviel, um dich zu beschäftigen. Vielleicht habe ich ein anderes Versteck? Du wirst nach meinem Tod eine schlechte Biographin sein, wenn du so viel über meine vorzügliche Persönlichkeit nicht weißt!

Habe keine Zeit, mich mit dir zu amüsieren. Tut mir leid!

*Jeanies Tagebuch*

Ich habe immer noch Kopfschmerzen. Ich bin aus dem Schlaf aufgeschreckt, mit dem Geschmack von Gin im Mund, den Wecker habe ich überhört. Ich stürzte nach unten. Sharon war gerade dabei zu frühstücken, Mark schaute sich eine Akte an, während er seinen Toast aß, Clark stand herum und trank eine Milchflasche leer. Ich hatte den Eindruck, daß Clark mir einen ärgerlichen Blick zuwarf, aber das ging so schnell ... »Nun, Jeanie, haben Sie Ihren Wecker nicht gehört? Wir mußten uns ganz allein weiterhelfen«, meinte die Alte zu mir, freundlich allerdings, das muß ich sagen.

Ich hatte das Gefühl, eine ganze Division Panzerwagen auf meiner Zunge zu haben. »Verzeihen Sie, Madame, ich bin im Moment ein bißchen müde.« – »Sie werden sich morgen ausruhen«, sagte die Alte. »Ja, Madame«, antwortete ich ganz freundlich, während ich anfing, das Geschirr zu spülen.

Sharon stand auf, um ihre Tasse abzuräumen, Clark ging hinaus, dann Mark, wir blieben allein zurück.

Sharon reichte mir die Tassen. »Wissen Sie, Jeanie, ich habe über das nachgedacht, was Sie mir erzählt haben. Ich verschweige Ihnen nicht, daß es mir schwerfällt, Ihnen zu glauben, aber andererseits ist es wahr, daß hier irgend etwas seltsam ist. Vielleicht sind Sie das Opfer eines Streiches?« – »Nein, nein, das ist kein Streich! Karen ist wirklich tot!« – »Ich will damit sagen, daß es vielleicht jemanden gibt, der ein bißchen krank ist, sagen wir, jemanden, der es liebt, sich vorzustellen, er wäre der Urheber dieser, dieser Morde, aber das heißt nicht, daß es stimmt, er will Sie glauben machen, er wäre es, das ist alles.« – »Aber nein! Bei dem Mädchen in Demburry habe ich es gelesen, bevor es in den Zeitungen stand, vorher, verstehen Sie?« – »Aber, Jeanie, Sie kennen alle vier sehr gut, es ist einfach nicht möglich, daß einer von ihnen ein Mörder ist!« – »Aber weshalb haben Sie dann das Gefühl, daß hier etwas merkwürdig ist, weshalb?« – »Ich weiß nicht, manchmal fühle ich mich beobachtet, belauert, verstehen Sie, was ich meine? Aber ich bin sehr empfindlich, wissen Sie, ich traue meiner Phantasie nicht!«

Ich sah ihr in die Augen: »Sie erinnern sich wirklich nicht an diese Geschichte, Sharon? Das ist so wichtig, ich verstehe nicht, wie Sie das vergessen konnten!« Sie schien zu zögern und senkte die Stimme: »Ich denke nicht gerne an diese Ferien zurück, es war unmittelbar nachdem der arme Zack...« – »Zack?« – »Pssst, sprechen Sie niemals seinen Namen hier aus!« – »Aber wer ist das?« – »Zacharias, ihr Bruder«, murmelte sie mir zu. »Was?« – »Ja, ihr Bruder. Er ist gestorben, als er zehn Jahre alt war, eben nach diesen Ferien. Meine Tante erlitt einen schrecklichen Schock! Er war beim Schlittschuhlaufen auf dem zugefrorenen See, und das Eis gab unter seinem Gewicht nach. Als die anderen dazukamen, war es zu spät...« (Sie blickte auf ihre Uhr.) »Ich werde zu spät kommen, ich muß los!« (Man hörte Madame Blint hupen.) »Bis später, ich komme zum Mittagessen nicht nach Hause, ich muß in die Bibliothek!«

Ich stand da wie ein begossener Pudel! Das ist ja schlimmer als bei den Kaninchen, es werden immer mehr! Jetzt verstehe ich, weshalb die Alte so daneben ist. Und das ist es vielleicht auch, was sie verrückt gemacht hat, diese andere Gestalt... Der Heuchler, von diesem Zacharias hat er mir nichts erzählt. Vermutlich hat er kein Interesse daran, daß über ihn gesprochen wird... Aber halt, ich rede Unsinn. Zacharias March... aber ja, Z. M., der gehörte ihm, der kleine Anzug! Ich muß mich über diese Geschichte informieren, aber im Moment ist Sharon wichtiger. Immerhin glaubt sie mir, das spüre ich. Dieses Gefühl, daß man sie bespitzelt; es ist eigenartig, wie sensibel sie ist. Ein anständiges Mädchen. Ich bin sicher, daß sie sich daran erinnern wird. Ganz sicher! Dann wird sich alles aufklären! Ich kann es gar nicht glauben...

Mittags waren alle ziemlich niedergeschlagen, man spürte, daß sie die Kleine vermißten, es tut einfach gut, ein Mädchen in diesem Haus, das lockert die Stimmung auf.

Noch etwas: Ich habe noch einmal ihre Zimmer durchsucht, um zu schauen, ob sich die fehlenden Blätter finden lassen. Natürlich habe ich nichts gefunden. Es gibt da so eine ähnliche Geschichte, in der jemand verzweifelt einen Brief sucht, der tatsächlich auf dem Tisch liegt, für jeden sichtbar.

Also blättere ich mein Tagebuch durch... wenn er in mein eigenes Tagebuch schriebe... nein, welch absurde Idee. Manchmal frage ich mich, wo ich meinen Kopf habe!

Nun, Spion, Sharon und du, ihr seid jetzt wohl tierisch gut befreundet? Glaubst du, eure stillen Messen bemerkt niemand? Merk dir ein für allemal, daß ich allwissend bin. Aber du ahnst ja nicht einmal, was das heißt. Wovon erzählt sie dir denn, Sharon? Von unserer glücklichen Kindheit? Von ihrem teuren und vielgeliebten Zack? Ich sage dir doch, ich weiß alles!

Laß deinen Rüssel von Zack. Zack war ein Heiliger. Er war die Freundlichkeit in Person. Immer hilfsbereit. Immer höflich. Einfach perfekt. Neben ihm wirkte man immer schmutzig und böse. Eine Perle, unser Zack! Ich habe sehr geweint, als er starb, du kennst mich ja. Das Leben ist wirklich ungerecht. Er wäre beinahe schon nicht geboren worden, weißt du, ja, er kam als letzter, die Hebamme dachte, er wäre tot. Er hatte zehn Jahre Zugabe, immerhin. »So ein tapferes Kind«, sagte Mama. Ein richtiger Liebling. Ein wenig zu neugierig vielleicht. Mir immer auf den Fersen, als ob ich Dummheiten machen würde! An jenem Tag mit Sharon im Keller, zum Beispiel, hatte er sich versteckt, um uns zu beobachten. Als ich aufstand, bemerkte ich ihn. Er sah mich mit seinem priesterlichen Blick an. Ein lebender Vorwurf. Und weißt du was, Jeanie? Mir sind tote Vorwürfe lieber. Nun ja, armer armer Zack... Friede sei mit ihm! Welch dumme Idee aber auch, auf einem gefrorenen See Schlittschuh zu laufen und den Kopf unter Wasser zu halten, bis man nicht mehr atmet! Sag nicht, daß er das verdient hat, Jeanie, zeig dich ruhig von deiner christlichen Seite!

*Jeanies Tagebuch*

Er hat es getan. Er hat das wirklich getan! Er hat seinen eigenen Bruder umgebracht! Sharon, du mußt von hier verschwinden, er kennt kein Mitleid, keine Menschlichkeit, er hat keinen Schimmer davon. Ich phantasiere. Er sagt das nur, um mich zu erschrecken. Es war sicher ein Unfall. Sicher. Wie soll man das wissen? Ich kann die Alte schließlich nicht ausfragen...

Wahrscheinlich meinte er ihn, als er von dem »anderen Spion« sprach. Vom »vergänglichen Zuschauer«... Das »fünfte Rad am Wagen«, das ist der richtige Ausdruck. Und das ist der Grund, weshalb die Alte das Haus nur verläßt, um zum Friedhof zu gehen! Um Blumen auf das Grab ihres Sohnes zu bringen, den der andere... Das ist völlig irrsinnig!

*Tagebuch des Mörders*

Wenn du diese Zeilen liest, Jeanie, ist es schon zu spät.

*Jeanies Tagebuch*

Habe keine Zeit gehabt, hinaufzugehen und zu lesen, was er heute nachmittag geschrieben hat. Macht nichts. Ich falle um vor Müdigkeit. Ich habe Eisenkrauttee getrunken, bevor ich nach oben kam: Sie haben Kräutertee gemacht, während ich das Eßzimmer aufräumte, und jetzt schlafe ich im Stehen ein!

Abgesehen davon habe ich eine gute Nachricht, eine hervorragende Nachricht! Vor dem Essen schlich Sharon vor der Küche herum. Ich ging hinaus, und sie flüsterte mir zu: »Ich glaube, ich erinnere mich, es kam mir heute nachmittag im Mathematikunterricht wieder in den Sinn, die Erinnerung an eine Rauferei, ich war sehr böse und schlug heftig auf jemanden ein, mit all meinen Kräften, ich war wahnsinnig wütend, wirklich, jemand schrie, wehrte sich, ich sehe die offene Tür vom Ofen, glutrot, ich spüre die Hitze, aber ich sehe nicht, wen ich schlage, es ist völlig durcheinander, wie in einem Traum, verstehen Sie, aber ich weiß nicht, vielleicht ist es nur meine Phantasie, man rauft ja oft als Kind, wissen Sie...!« – »Oh, aber ich bitte Sie, Sharon, strengen Sie sich an!« – »Wir reden morgen weiter, in den Bergen, da haben wir mehr Ruhe!« Sie machte den Mund auf, als ob sie etwas hinzufügen wollte, änderte aber ihre Meinung: »Nein, das ist unmöglich.« – »Also wer?« – »Nichts, wir sehen morgen weiter.« Die Alte tauchte auf: »Na, Kinder, ihr habt wohl Geheimnisse?« Sie ist fröhlich zur Zeit. Um so besser für sie. Ich ging die Wurstplatte holen. Ich freue mich schon auf morgen, ich bin sicher, daß ich alles erfahren werde!

Wie müde ich bin, der Stiiift fäääIlt mir aus der Haaand, es ist lustig, ich fühle mich benommen, obwohl ich nichts getrunken habe, nur den Kräutertee, vielleicht macht der heutzutage auch betrunken, ich habe nicht einmal Lust auf Gin, nur Lust zu schlafen, schlafen. Morgen muß ich fit sein, außergewöhnlich fit, also auf, in die Falle!

...

Es ist furchtbar. Es ist wirklich furchtbar. Ich werde die Polizei benachrichtigen und ganz gewiß nicht hierher zurückkommen. Aber ich kann nicht anders handeln. Es ist Mittag, und ich bin in meinem Zimmer. Die Alte arbeitet im Garten. Es ist eine Katastrophe, und ich kann sie mir nicht erklären.

Vielleicht werden die Leute das hier irgendwann einmal lesen, also muß ich genau sein. Ich bin ganz schwerfällig aufgewacht, mit einem Brummschädel, aufgequollenen Augen und Brechreiz. Ich stehe auf. Ich schaue mich an, es ist heller Tag. Heller Tag, obwohl es 7 Uhr sein müßte! Um diese Zeit scheint im Winter keine Sonne.

Ich gehe zur Tür: Er hat mich eingeschlossen, er hat mich eingeschlossen! aber nein, die Tür geht auf. Die Tür zu einem ruhigen, sehr ruhigen, fast geräuschlosen Haus geht auf, nur das Radio von unten ist zu hören, ich stürze die Treppe hinunter, komme unten an wie eine Verrückte: »Was ist passiert, was ist passiert?« Die Alte schaut mich mit großen Augen an, die Gießkanne in der Hand: »Geht es Ihnen nicht gut, Jeanie?« – »Wo sind sie?« – »Sie wissen sehr gut, daß sie in die Berge gefahren sind, Jeanie, sind Sie krank?« – »Aber ich sollte doch mitfahren, das wußten Sie doch!« Sie weicht zurück, beunruhigt, ich sehe es in ihren Augen, das Wasser aus der Gießkanne fließt auf den Teppich. »Jeanie, ich kann nichts dafür.« – »Weshalb haben Sie mich nicht geweckt«, schreie ich, »weshalb?« – »Jeanie, sehen Sie, nachdem Sie diese Nachricht in der Küche hinterlassen hatten ...« – »Was!? Was?«

Ich stürze mich auf sie, mit meinem geflickten Nachthemd, meine Haare kleben im Gesicht. Sie stößt an den Tisch. »Diese Nachricht in der Küche ... Fühlen Sie sich nicht wohl, Jeanie?« Ich renne in die Küche, auf dem Tisch liegt ein Papier, ein weißes Papier, ich halte inne, betrachte es.

Ich trete näher. Strecke die Hand aus, ich sehe meine ausgestreckte Hand, es ist seltsam, sie ist völlig blaß. Ich nehme das Stück Papier, einen Fetzen Papier mit zwei Zeilen:

*Ich bin doch zu müde und schlafe deshalb lieber aus, verzeihen Sie, ich wünsche Ihnen viel Vergnügen. Jeanie.*

Zwei Zeilen mit meiner Schrift.

Nicht wirklich meine Schrift, natürlich, aber sie ist ähnlich. Ich lege den Zettel wieder hin, drehe mich um: »Verzeihen Sie«, sage ich zur Alten. Ich fühle mich auch alt, ich gehe nach oben, in das Zimmer... »Wenn du diese Zeilen liest, Jeanie, ist es schon zu spät...« Du Schwein, du Schwein, ich muß weinen, ich will nicht weinen, ich habe nicht geweint, als mein Vater mich schlug. Ich habe nicht geweint, als sie mir sagten, daß ich zwei Jahre bekommen würde. Ich muß weinen, was für ein schreckliches Gefühl, ich bin so müde!

Das Telefon klingelt. Ich habe Angst. Die Alte nimmt ab. Ich höre nichts. Ich habe einen Kloß im Hals. Sie legt auf. Sie ruft mich. Mein Gott, mein Gott, ich flehe dich an.

...

Sharon ist gestürzt. Ein Sturz aus zweihundert Metern.

Sharon ist tot.

...

Ich habe mich einen Moment entspannt, und jetzt geht es mir besser, aber ich bin immer noch ganz schwach. Sie sind noch nicht zurück, aber sie werden bald kommen. Die Alte ringt die Hände und flennt. Sie mußte im Krankenhaus anrufen, um Sharons Eltern zu benachrichtigen. Ich hätte nicht mit ihr tauschen wollen. Das ist eine Tragödie, es gibt kein anderes Wort dafür.

Aber ich werde nicht zulassen, daß das so weitergeht. Es ist keine Frage mehr, daß ich gehe. Sharon war ein anständiges Mädchen, beherzt und intelligent. Ich schwöre, daß ihr Tod nicht ungestraft bleiben wird. Und ich bin nicht daran gewöhnt, die Bullen in meine Angelegenheiten zu verwickeln. Ich werde meine Rechnung mit diesem kleinen Schwein ohne fremde Hilfe begleichen. Das steht fest. Gott möge mir vergeben.

...

Ich lese noch mal, was ich geschrieben habe, und bin entsetzt über meinen Hunger nach Rache und Gewalt. Ich muß nachdenken. Es klingelt, das sind sie. Ich höre noch andere Stimmen, das muß die Polizei sein.

*Tagebuch des Mörders*

Ich habe es getan. Ich habe es getan! Sie näherte sich dem Abgrund, um das Dorf im Tal anzuschauen. Sie fährt besser Ski als wir, sie hatte die schwarze Abfahrt genommen, durch den Wald. Nebel kam auf, Gott sei Dank, ein schöner dichter, schwerer Nebel, wir haben uns alle verfahren, zwangsläufig.

Sie hatte für einen Moment angehalten, nach der Kurve, ganz nah am Abgrund, sie beugte sich nach vorne, um die schöne Aussicht ins Tal zu genießen... Ich fuhr behutsam zu ihr hin, ganz leise, nur das Geräusch des Schnees war zu hören, der im Nebel fiel. Das ist ein wunderbarer Augenblick, die Erinnerung an den weißen Schnee, der aus einem weißen Himmel fiel, und an Sharons rote Silhouette.

Sie drehte den Kopf und sah mich, sie hob ihren Stock, um mir zu winken, ihr Haar wehte im Schnee. Sie lächelte, sie lächelte mich an, sie war froh, mich zu sehen.

Ich fuhr weiter, ich fühlte, wie mein Mund sie auch anlächelte, und ich fühlte die harten Muskeln um meinen Mund, die Kälte an meinen Zähnen, folglich muß ich gelächelt haben, aber sie senkte den Arm, und dann sah ich, wie ihr Gesichtsausdruck plötzlich nachdenklich wurde, dann, ganz schnell, besorgt, wie gelähmt vor Bestürzung. Sie streckte mir den Arm entgegen, um mich zurückzustoßen, ich lächelte und lächelte, und ihre Augen waren riesig vor Angst.

Ich fuhr mit voller Geschwindigkeit direkt auf sie zu. Sie

versuchte, zur Seite zu rutschen, ihr Stock zielte auf mein Gesicht, ich ergriff ihn mit meiner Hand, ich warf ihn auf den Boden, ich lächelte. »Nein, nein!« sagte ihre Stimme. Sie schrie: »Hilfe, ich wußte es!« Sie wiederholte: »Ich wußte es!« Ihr Gesicht war meinem ganz nah... Ich stieß sie mit meiner ganzen Kraft nach hinten, sie glitt auf dem vereisten Schnee aus, »Nein, nein!« sagte die Stimme. Sie, mit ihrem stolzen Gesichtsausdruck! Sie schlug mit den Armen um sich, ihre Augen waren furchtbar. Ich bremste genau am Rand des Abgrunds, sie, sie flog durch die Luft wie ein Vogel im Anorak, mit einem sehr langen Schrei. Sie flatterte für einige Sekunden im Nebel. Ich blieb nicht stehen, man konnte sie nicht mehr sehen, sie flog durch den Schnee, die Ski zur Erde gestreckt, ganz weit unten. Ich stieß mich ab, nahm die Abkürzung durch den Wald und kam zurück zur Talstation des Skilifts, ich ließ mich hinaufziehen, und dann trafen wir alle auf der Piste wieder zusammen. Wir fuhren kurze Zeit weiter, bis Papa sich Sorgen machte.

Sie haben sie fast unmittelbar danach gefunden, weil einige Langläufer vorbeikamen. Sie war in mehrere Teile zerrissen. Es muß ein seltsamer Anblick gewesen sein, mit rechten Winkeln und so; Papa ging hin, um sie zu identifizieren.

Wir warteten in der Bar auf Papa. Die Leute zeigten mit Fingern auf uns und bedauerten uns. Wir waren betroffen. Mark hatte Tränen in den Augen, er mußte raus, um frische Luft zu schnappen, Stark knackte ohne Unterbrechung mit den Fingern, Clark trank Cognac, er war ganz weiß, und Jack kaute mit verlorenem Blick an seinen Fingernägeln.

Papa kam mit der Polizei zurück, ein Unfall natürlich, sie hat im Nebel die Kurve verfehlt, keine Absperrungen, schwarze Piste bei schlechtem Wetter verboten, sie war zu selbstbewußt, genau, das ist ihr nicht bekommen.

Im Auto sagte keiner ein Wort. Papa biß sich auf die Lippen, er fuhr schnell und schlecht. Die Menschen reagieren angesichts unvorhergesehener Ereignisse immer falsch, sie verlieren die Nerven. Ich selbst war innerlich ganz ruhig. Ich pfiff in meinem Kopf vor mich hin, während meine Augen damit beschäftigt waren, wie die der anderen zu weinen.

Hier herrscht natürlich das reinste Durcheinander! Jeanie hat geweint und Mama auch. Die Eltern von Sharon müssen kommen, um die Leiche abzuholen. Sie ist im Leichenschauhaus, wo man sie für die Beerdigung herrichtet.

Und du, Jeanie, du warst nicht da. Weshalb warst du nicht da? Sie wäre noch am Leben, weißt du.

*Jeanies Tagebuch*

Polizei, Fragen, ein bedauerlicher Unfall... Ich kann nicht aufhören zu schluchzen, jetzt wo der Schock vorüber ist und die Kinder mich ansehen... Die Alte hängt ununterbrochen am Telefon, weil so viele Leute anrufen. Der Doktor schenkt sich einen Brandy nach dem anderen ein und raucht, ohne irgend etwas zu tun, ich selbst flenne. Die Polizisten sagten, das sei wirklich ein dummer Unfall gewesen, und verzogen sich dann, heute ist Sonntag!

Ich ging nach oben und fand seinen Artikel. (Seinen »Artikel«, das klingt wie bei einem Reporter!) Weil ich weinte, habe ich Flecken darauf hinterlassen, aber das ist mir egal. Wenn er mir ein Schlafmittel geben konnte, dann kann er noch viel Schlimmeres tun. Ich glaube, es war im Kräutertee. Und ich mißtraute seinem Geschenk, dem Gin, wie dumm ich bin! Ich sehe vor lauter Tränen gar nichts mehr, ich schreibe ganz schief.

Sie haben die Ski im Flur gelassen, ich muß gehen und sie in die Garage räumen, die von Sharon sind auch dabei.

Es ist meine Schuld, ich weiß es, und wenn ich ihren Namen ausspreche, »Sharon«, muß ich noch mehr weinen. Ich muß aufhören, sonst werde ich verrückt. Ich werde ein Gläschen trinken und mich hinlegen, die Tür abschließen und mit der Knarre schlafen. Kommt Zeit, kommt Rat. Ich muß ihn finden und töten.

...

Ich habe die Ski in die Garage gebracht und an die hintere Wand gelehnt. Dort, wo die alten Arbeitsklamotten liegen. Zwischen den alten Kleidern lag eine Hose. Eine karierte Hose. Voll mit Ölflecken, aber kein Blut. Er hat also gelogen. Und während ich ihm glaubte, hatte er genügend Zeit, seine Hose zu reinigen. Er beeinflußt mich wie ein Kind. Er lügt, wenn er den Mund aufmacht. Ich muß lernen, zwischen den Zeilen zu lesen.

Die Ski von Sharon sind kleiner als die anderen. Ich habe sie ein wenig an die Seite gestellt. Einer ist zerbrochen. Übermorgen wird sie beerdigt.

...

Heute morgen ist es düster hier. Die Kinder schleichen im Haus herum. Niemand redet. In der Nacht hatte ich Alpträume. Ich habe geträumt, daß jemand mich mit einem Leintuch erstickt. Ich wachte schreiend und mit schweißnassen Haaren auf. Ich ging nach oben, um nachzusehen, aber es war nichts weiter. Zum Mittagessen habe ich Hühnersuppe gemacht.

*Tagebuch des Mörders*

Durch die angelehnte Tür habe ich Jeanie beim Kochen zugesehen. Ich sah ihre roten Hände, ihre Schürze, ihre Füße, ihre dicken Beine. Ich habe keinen Hunger.

Wir sind alle sehr müde. Wir müssen Atem schöpfen. Die Ereignisse haben sich in der letzten Zeit überschlagen. Wir sind schließlich keine Maschinen, nicht wahr? Ich habe von Sharon geträumt, sie lag unter einem weißen Tuch, sie schrie. Ich schlug auf sie ein, bis sie schwieg.

Es schneit nicht mehr. Es ist sehr dunkel, obwohl es kaum drei Uhr ist. Übermorgen wird Sharon beerdigt. Wir haben einen schönen Kranz aus roten und weißen Blumen bestellt, mit einer Inschrift: »Unserer lieben Sharon«. Für mich kann die Beerdigung gar nicht früh genug stattfinden. Erstens, weil ich dann meinen schönen Anzug anhaben werde, und zweitens, weil man am Sarg vorüberzieht, um Erde darauf zu werfen, und Choräle singt. Ich liebe das. Die Eltern von Sharon waren sich gar nicht einig, ihre Mutter wollte eine jüdische Zeremonie, Mamas Bruder eine katholische Beerdigung; schließlich mußte ihre Mutter nachgeben... du siehst, selbst im Tod macht dieses Mädchen nur Ärger.

Ich weiß nicht, weshalb ich fortfahre, mit dir zu sprechen, Jeanie. Aus reiner Gutherzigkeit, zweifellos. Ich mag es übrigens nicht besonders, wenn du die Notizen aus meinem Tagebuch mitnimmst. Ich rate dir, das nicht noch einmal zu tun.

P. S. Ich habe das Datum deines Todes festgelegt.

*Jeanies Tagebuch (Tonbandaufzeichnung)*

Mir ist zum Kotzen. Hm, hm, wenn ich beschlossen habe, dieses Tonband zu benutzen, dann nur, hm, hm, weil es praktischer ist, denn ich kann den Stift nicht halten. Außerdem lassen sich Tonbänder löschen. Abgesehen davon will ich ihm seinen Streich heimzahlen und muß folglich lernen, wie man mit diesem Gerät umgeht.

Hier meine Idee: Ich werde das Tonband im Zimmer der Alten verstecken und aufnehmen, was sich dort abspielt. Vielleicht wird er etwas sagen oder was weiß ich, scherzen oder husten, irgendwas, was ihn verraten könnte...

...

Ich bin zurück, entschuldigung, aber ich mußte kurz einen kleinen Schluck zum Aufwärmen trinken.

Es ist komisch, mit solch einem Apparat zu sprechen, man fühlt sich ziemlich dumm. Hallo, Tonband, hörst du mich? Das bringt mich zum Lachen... Auf geht's, ins Bett. Gute Nacht, Scheißtechnik.

...

Es ist komisch, daran zu denken, daß ich jetzt lebendig bin und bald tot sein werde. Hab' mir also den Kopf ganz umsonst mit diesen Büchern vollgestopft. Hab' mir die Knarre ganz umsonst gekauft. Nicht mal nach Herzenslust saufen kann man. Saufen, saufen, ich hab' die Nase voll davon, auf der Hut zu sein, Achtung! kleine Soldaten der Königin, die Königin schert sich einen Dreck um euch, sie sitzt in ihrem Palast in Buckingham gemütlich im Warmen und speist gebratene Tauben. Du alte Säuferin! Das Datum meines Todes festlegen, was der nicht sagt, er glaubt, er kann sich alles erlauben, diese Filzlaus! Ich werde ihm den Kopf schon zurechtrücken... mir schwindelt... schlafen.

*Tagebuch des Mörders*

Ich bin im Zimmer von Mama. Mama ist unten. Sie verhandelt mit der Polizei. Jeanie ist auch unten. Es dauert eine Weile. Die Polizei ist wegen Karen da. Sie kommen von Zeit zu Zeit vorbei, um nach Neuigkeiten zu fragen. Sie schnüffeln überall herum, wie alte Köter, das belastet sie, all die hübschen Morde hier im Viertel. Aber sie können nicht das ganze Dorf anklagen, nicht wahr, also los, schnüffelt, ihr Köter, scharrt die alten Knochen aus ... Alle sind beschäftigt: Mark bereitet eine Akte vor, Jack macht sein Saxophon sauber, Stark bastelt an einem elektronischen Spiel herum, Clark macht Hanteltraining. Und Papa studiert gerade einen neuen Aufsatz.

Vor allem die Stimme von Jeanie belauschen. Du siehst, Jeanie, ich beschäftige mich mit dir. Liest du noch immer meine Notizen? Wie soll ich das wissen? Du bist so vorsichtig ...

Weißt du, was ich schön fände? Die Tür zu deinem Zimmer aufmachen und zu dir sagen: »Guten Tag, Jeanie, ich bin es. Guten Tag, Jeanie, ich bin es!« Das klänge gut. Ganz ruhig. Beherrscht. Nicht einer von diesen sabbernden Irren, die man im Film sieht. Du würdest stottern: »Ich verstehe nicht ...« Und dann würdest du sterben, dein Mund an meinem ... du würdest stöhnend sterben, wie eine läufige Hündin, meine Hand festgekrallt in deinem Nacken, das würde dir gefallen, was, das würde dir gefallen, Schlampe, du widerst mich an! Ich muß mich waschen gehen, meine Hose wechseln. Mir ist zu warm. Bin ich krank?

Nein, ich bin nicht krank, ich weiß es, ich fühle mich gut, ich fühle mich gut im Kopf. Ich habe kein Fieber. Weshalb hast du mich nicht umgebracht, Sharon, weshalb? Du hast meinen Kopf in deinen Händen gehalten und ihn auf den Boden geschlagen, der Ofen bullerte ... weshalb hast du mich nicht umgebracht? Und du, Zack, weshalb hast du uns beobachtet! Ich mag nicht mehr in dieses Tagebuch schreiben, ich mag überhaupt nichts mehr, ich bin ärgerlich, ich bin sehr ärgerlich, ich verabscheue euch!

*Jeanies Tagebuch*

*11 Uhr abends. Zusammenfassung vom heutigen Donnerstag:* 2 Uhr: Die Polizei kam zurück. Ich spürte, daß sie etwas ahnen. Sie fragten, ob die Jungs in letzter Zeit unterwegs waren. »Nein«, sagte die Alte, zuckersüß. Ich, ganz spontan: »Aber ja, Madame, sie waren doch in Demburry.« Sie widersprach mir verärgert: »Nein, Jeanie, nicht in Demburry, sie waren bei ihrer Tante in Scottfield.« Ich habe nichts mehr hinzugefügt. Man fährt auf dem Weg nach Scottfield zwangsläufig durch Demburry. Der Polizist hat alles in sein Heft geschrieben. All diese Notizen jeden Tag, davon wird mir ganz schwindlig. Kekse, Tee und ciao, Bullen.

5 Uhr: Ich ging nach oben, um das Tonband zu holen, während sie unterwegs waren, um den Weihnachtsbaum zu kaufen. Man muß sagen, daß Sharons Tod ihnen nicht die Stimmung verdorben hat. Gleichzeitig habe ich einige Blätter gelesen, ganz schnell, und sie absichtlich unordentlich wieder zurückgelegt. Das ist ein Anfang.

11 Uhr, heute abend: Ich werde mir das Tonband anhören und meine Eindrücke dazu notieren. Ich stelle die Lautstärke ganz leise ein. Ich müßte mir einen von diesen Kopfhörern kaufen, die man im Fernsehen sieht. Genug geträumt, an die Arbeit.

*Bericht über die Tonbandaufzeichnung:*

Man hört, wie die Tür aufgeht. Dann, wie jemand auf dem Teppich herumläuft, die Schranktür aufmacht, die ein wenig quietscht, sehr leise Geräusche, zweifellos berührt er den Mantel...

Aha, da... Rascheln von Papier, er entfaltet seine Blätter, Geräusch einer Feder, er schreibt sicher mit einem Federhalter... Er unterbricht, er unterbricht häufig, er muß zwischen den Sätzen nachdenken. Er atmet immer heftiger. Bei den Schweinereien, die er sich erzählt... Oh, er spricht!

Ich habe zurückgespult und höre es noch mal an: Seine Stimme ist sehr rauh, ein Murmeln: »Guten Tag, Jeanie, ich bin es.« Er wiederholt das zweimal, ganz langsam, und fängt an, sehr heftig zu atmen, man hört ein lautes Geräusch von Stoff, was macht er denn? Ach, wie dumm ich bin, natürlich, oho, das ist ein starkes Stück! »Schlampe!« Er sagt das ganz deutlich, nicht mit einer Kinderstimme, nein, das ist eine Alptraumstimme, die murmelt: »Schlampe.«

Die Stimme von neulich, zischend, gequält, wie gewrungenes Leinen, das man plötzlich losläßt. Jetzt beruhigt er sich, er knackt mit seinen Fingern, atmet tief ein, faltet seine Papiere wieder zusammen, versorgt sie. Geräusche von schnellen Schritten, die Tür wird wieder geschlossen. Ende unserer spannenden Sendung »Mord, live dabei.«

Jetzt weiß ich, daß er wirklich die Stimme eines Verrückten hat und diese nicht nur nachgemacht hat, um mir Angst einzujagen. Er muß also die meiste Zeit in einem abnormalen Zustand sein. Ein Ungeheuer, das sich in einem jungen Mann verbirgt, mit einer schrecklichen Stimme, schrecklichen Trieben, schrecklichen Plänen, ein Ungeheuer, das den ursprünglich anständigen Jungen beinahe ganz verschlungen hat.

Morgen um 8 Uhr fahren wir zum Friedhof. Der Vater von

Sharon wird auch dabeisein. (Ihre Mutter ist immer noch im Krankenhaus, sie hat einen Beckenbruch und kann sich nicht bewegen.)

Ich habe einen Entschluß gefaßt: Ich werde ihm antworten. Ich muß bei seinem Spiel mitspielen, um ihn bezwingen zu können. Mein Vater erklärte mir das fürs Judo: »Man muß sich der Kraft des Gegners bedienen. Ihm scheinbar helfen, um ihn dann aus dem Gleichgewicht zu bringen.« Allerdings hat er selbst nie Judo gemacht.

*Tagebuch des Mörders*

Köstlicher Spaziergang auf dem Friedhof. Weißer Schnee, der die Spuren des Trauerzugs bewahrte. Viele Blumen, viele Leute, so ein trauriger Unfall, die arme Familie, eine richtige Pechsträhne! Wir, tadellos, schön, so korrekt, wie vier Frischverheiratete. Verheiratet mit dem Tod. Alle vier so blaß, aber dennoch kräftig, sehr aufrecht während der ganzen Feier...

Mama war erschöpft, wir haben sie gestützt. Papa hat aus voller Kehle gesungen.

Auch die Eltern von Karen waren da. Es hat ihnen nicht gereicht, ihr eigenes Kind zu beerdigen, sie müssen auch noch kommen, wenn andere Leute ihres begraben! Und der Papa von Sharon in einem Rollstuhl, mit einer Krankenschwester, die ihm eine Spritze geben mußte. Und die zwei Polizisten, die sich mit Karens Fall beschäftigen. Die haben mir gar nicht gefallen, diese zwei Polizisten.

Abgesehen davon ging alles gut. Ich spürte die Schneeflocken auf meinem Haar. Ich mag das. Sie waren sehr vorsichtig mit dem Sarg, helles Holz, wie für Karen, schönes weißes Holz für die Jungfrauen...

Wir senkten mitleidvoll und traurig den Kopf, und der Priester betete sein übliches Blabla herunter. Jeanie hatte den Kopf gesenkt, auch sie weinte natürlich, eine gute Gelegenheit, ihre große, rote Nase vorzuzeigen. Du verbringst dein Leben damit zu weinen, Jeanie-Schatz, willst du, daß ich dich fest in meine Arme nehme, um dich zu trösten?

Der Himmel war ganz schwarz. Es blitzte. Ich mag Blitze nicht. Es war fast wie am Abend, dabei war es noch früh.

Wie bei den Stürmen, von denen in der Bibel die Rede ist, ich sehnte das Ende herbei. Ich nahm wie die anderen etwas Schnee und warf ihn in das Loch, es machte *platsch, richtig platsch*, das war alles. Darunter liegt Sharon, sie wird nie wieder da herauskommen, sie wird nie achtzehn Jahre alt werden, oder zwanzig, sie wird für immer so bleiben, wie sie war, mit ihrem strahlenden Lachen und ihrem schwarzen Haar, eingezwängt in die Kiste, völlig steif, ob sie sie mit ihrem roten Anorak begraben haben?

Danach sind wir gegangen. Wir gingen am Grab des armen kleinen Zack vorbei, und ich beobachtete, wie Mama einen kleinen, traurigen und verstohlenen Blick darauf warf. Es lagen frische Blumen auf dem Grab. Ich hatte Lust, sie zu zertreten. »Nicht gerade warm«, sagte Papa. »Ein trauriger Tag«, sagte Mama. »Armes Kind«, sagte Mark. »Das hätte niemand vermutet«, sagte Clark. »Habt ihr ihren Vater gesehen, den Ärmsten?« sagte Jack. »Sie war so liebenswert«, sagte Stark.

*Jeanies Tagebuch*

Als ich heute abend, während sie den Aperitif nahmen, nach oben ging, war die Nachricht bereits da. Ich schrieb quer über das Blatt: *Du mochtest sie gerne, Sharon, nicht wahr?*

Ich hasse diese verkommene Gegend, diese Kälte und diese Ruhe. Diese Ruhe vor allem, die verhindert, daß man die Schreie hört. Man hat den Eindruck, daß es sowieso nichts nützt, sich zu wehren, daß man verurteilt ist, egal was man tut. Es ist merkwürdig, ich formuliere immer besser, je voller dieses Heft wird. Auf jeden Fall kommt es mir so vor. Wie auch immer, man spricht gerne über sich.

Bei der Beerdigung habe ich geweint. Ich fühlte, wie meine Tränen auf meinen Wangen gefroren. Die vier Jungs waren schweigsam. Feindselig. Ich weiß nicht weshalb, aber ich dachte: feindselig. Auf dem Rückweg gingen wir an einem Kindergrab vorbei, und ich las die Inschrift im Marmor: »Zacharias March, in seinem zehnten Lebensjahr der Liebe seiner Nächsten entrissen, er ruhe in Frieden.« Die Alte wurde unruhig, als sie vorbeiging, sie führte die Hand an ihr Herz. Die Jungs gingen weiter, ohne auch nur den Kopf umzuwenden. Ob sie ihn alle vier verabscheuten?

Ich bin gespannt, was er tun wird, wenn er sieht, was ich in sein heiliges und geliebtes Tagebuch geschrieben habe. Und das ist noch nicht alles, mein Guter!

Ich denke wieder an die weißen Rüben, sehr geheimnisvoll, wie Papa zu sagen pflegte. Heute abend habe ich beschlossen, eine Runde durch das Haus zu machen. Bloß ein wenig umsehen. Ich warte, bis alle schlafen.

Ich habe den Wäschekorb durchsucht und eine fleckige Jeans gefunden. Aber gestern hatten alle eine Jeans an, natürlich die gleiche, diese Marke mit den Ziernähten, die die Jugendlichen mögen. Sie haben wirklich haufenweise Jeans. Selbst der Doktor hat welche. Und sogar die Alte. Fast wie in der Werbung. In diesem Haus ist sowieso alles wie in der Werbung. Als ob sie jederzeit den Besuch eines Reporters erwarten und alles sauber sein müßte.

Kein Laut mehr. Ich werde losgehen. Ich nehme die Knarre und das Tonband mit, für alle Fälle...

Ich werde die Ski genauer unter die Lupe nehmen, vielleicht weisen sie irgendwelche Spuren auf.

*Tagebuch des Mörders*

Ich bin in meinem Zimmer. Ich höre Geräusche draußen. Jemand läuft im Flur herum. Ich kann mir gut vorstellen, wer dieser Jemand sein könnte... Eine Leichtsinnige, sehr wahrscheinlich. Aber beruhige dich, es ist nicht für heute abend vorgesehen. Schnüffle ruhig, mein Mädchen, pack die Gelegenheit beim Schopf! Du hast das Grab deines spionierenden Vorgängers ja gesehen, wie erfolgreich er war! Sie wird mit Sicherheit in der Garage nachsehen.

Ich mochte Sharon nicht. Ich mag überhaupt niemand. Ich mochte noch nie jemand. Ich bin kein Schwächling, verstehst du? Es ist nicht der Mühe wert, mein Tagebuch mit widerlichen Botschaften zu besudeln. Ich verbiete dir, das zu tun, du schwachsinnige Alte, du dicke Kuh, du verstehst überhaupt nichts!

Ich habe Durst. Du hoffst, daß ich dir folge, was, und daß du mich in die Enge treiben kannst, hältst du mich für einen Anfänger? Ich bleibe hier, im Warmen, während du deine Zeit damit vergeudest, dich im Haus herumzutreiben.

Hast du nie daran gedacht, daß ich der Teufel sein könnte?

Puh, was für eine Entdeckungsreise! Ich habe die Ski untersucht, sie sind alle zerkratzt und abgefahren, nichts damit anzufangen. Keine rote Farbe, die einen der Jungen gebrandmarkt hätte. Schade, dies ist eben kein Kriminalroman.

Auf dem Rückweg bin ich in der Bibliothek vorbeigegangen, um einen Schluck aus der Brandyflasche vom Doktor zu nehmen. Das ist ein Zimmer, das ich gar nicht mag. Dunkel, muffig. Und es riecht nach Tabak. Monsieur arbeitet dort.

Ich habe mich an seinen Schreibtisch gesetzt. Ein schöner Schreibtisch aus schwarzer Eiche.

Ob Sie es glauben oder nicht, es war die gleiche Geschichte wie mit dem Mantel. Ich muß dafür prädestiniert sein! (Das ist ein schickes Wort, das ich im Knast gelernt habe. Michèle sagt immer: »Wenn ich meine Kinder umgebracht habe, dann nur deshalb, weil ich dafür prädestiniert war.« Arme Michèle, sie hat noch zehn Jahre vor sich.)

Ich fahre mit meiner Hand über und unter die Schreibtischplatte, ich mag das Holz. Ich öffne die Schreibmappe, streiche über die rosa Schreibunterlage, die den Abdruck einiger unlängst geschriebener Zeilen trägt (ich frage mich, ob die Leute das je lesen werden und ob sie finden, daß ich gut erzähle), ich schaue genauer hin, ich mag es, diese Spuren auf Schreibunterlagen zu lesen, sie sind wie geheime Botschaften.

Und ich wurde nicht enttäuscht, muß ich sagen. Nur einige Worte: »So wie es deine sein wird.« Das Ende eines Briefes. Das Ende seines Briefes. Er hat ihn sorgfältig getrocknet, bevor er ihn mit nach oben nahm. Er ist heute nachmittag hergekommen und hat in aller Ruhe geschrieben.

Und selbstverständlich kann ich mich nicht daran erinnern, ob ich einen hier gesehen habe oder nicht.

Das ist nicht alles. Nachdem ich das gelesen hatte, fing ich an, den ganzen Schreibtisch zu durchsuchen. Einmal habe ich ein Geräusch auf der Treppe gehört und bin erschrocken, ich zog den Revolver heraus, dann kein Laut mehr.

Ich lauerte auf einen Hauch, einen Atem, denn die Stufen können knarren, aber nicht atmen. Aber nichts. Ich fing wieder an zu stöbern. Ich schob meine Hand unter den Schreibtisch, bis zum Ellbogen (das habe ich in einem Film über Geheimagenten gesehen, es funktioniert!), ich spürte einen harten, flachen Gegenstand und zog ihn heraus. Es war ein kleines Heft. Schwarz, die Seiten mit rotem Rand. Wie ein Meßbuch. Hübsch. Es war unter das Holz geklebt.

Ich habe es aufgeschlagen. Es war kein Heft. Es war entsetzlich.

Es handelte sich um eine Reihe von Skizzen. Darunter das Gesicht eines kleinen Mädchens, das eines kleinen Jungen, das mir irgendwie bekannt vorkam, dann die von anderen Kindern, dann das von Karen, von Sharon und von mir.

Mit einem ganz bestimmten Lächeln. Perfekt gezeichnet. Nur daß alle Gesichter ausgehöhlte Augen hatten, richtig ausgehöhlt, und in den Augenhöhlen sah man jeweils die Augen des Gesichts dahinter.

Ich bin die letzte. Unter meine leeren Augen ist eine rote Unterlage geschoben. Ich habe rote Augen und ich lächle. Quer über jedem Gesicht (etwa ein Dutzend) liegt der Abdruck einer Hand, ein ebenfalls roter Abdruck, hellrot, wie ein Streicheln an der Wange, aber wenn man genauer hinschaut, sieht man, daß es keine Hand ist, es ist etwas Mageres und Kralliges, es ist der Abdruck des Todes.

Der Abdruck des Todes auf meinem Gesicht, niemand kann eine Hand wie diese haben, eine Hand mit drei langen, fleischlosen Fingern, die versuchen, meinen Mund zu berühren.

Plötzlich fiel mir ein, weshalb das Gesicht des kleinen Jungen mir bekannt vorkam: es war ihres! Ich dachte gleichzeitig daran, daß es nirgendwo Fotos von ihnen als Kinder gibt. Auf allen aufgestellten Fotos sind sie mindestens zwölf Jahre alt.

Was geht hier vor? Ich habe das Buch mit Klebeband an seinen Platz zurückgetan, ich hoffe, es hält, ich zittere noch immer, der Revolver schlägt gegen meine Hüfte, jemand spielt hier mit dem Tod und den Toten, jemand, der in seinem Wahnsinn jede Menschlichkeit verliert.

# 8 Rückhand

*Jeanies Tagebuch*

Ich bin nach oben gegangen, sobald sie weg waren, und habe gelesen. »... der Teufel?«. Als ob er gewußt hätte, was ich im Schreibtisch finden würde. Ich habe niemals an diese Flausen geglaubt und werde auch jetzt nicht daran glauben. Das ist Sand in die Augen, nichts weiter als Sand in die Augen, und der Brandy war schuld daran, daß ich Ungeheuer gesehen habe, wo es nur Spuren eines verworrenen Geistes gab. Er hat ganz einfach gehört, wie ich im Haus herumging, und sich gedacht, daß ich sein »Meßbuch« finden könnte; dann hat er das über den Teufel geschrieben, um mich zu beeindrucken. Er handelt wie ein Taschenspieler. Immer dabei, etwas anderes zu tun, als er vorgibt. Meine Aufmerksamkeit ablenken. Meine Aufmerksamkeit durch Tricks, durch banale Bühnentricks von seinem Gesicht ablenken, das meinen Blicken ausgesetzt ist. Aber morgens habe ich einen klaren Kopf, mein Lieber, keine Alkoholfahne und kann noch vernünftig denken!

Auf sein Tagebuch habe ich geschrieben: *Weshalb hattest Du Angst vor Sharon? Weshalb hast Du Angst vor Frauen?* Und das habe ich mit einem dicken Strich umrandet. Damit er mich haßt. Mal sehen, ob er mich bei Tisch nach wie vor wird anlächeln können. Ich werde ihn dazu bringen, sich zu verraten. Ihn quälen.

Und wenn es wahr ist? Wenn hier wirklich jemand Schwarze Magie betreibt? Vielleicht hält er sich wirklich für den Teufel? Ich muß ins Dorf, ich muß irgend etwas darüber finden. Wenn er sich für besessen hält, glaubt er vielleicht auch an eine Teufelsaustreibung. Was ich sagen will ist folgendes: Wenn ich ihn dazu bringe zu glauben, daß ich ihm den Teufel austreibe, kommt er vielleicht wieder zu sich, denn selbstverständlich ist er nicht der Teufel, das ist unmöglich.

Ich werde den Doktor bitten, mich wegen der Weihnachtsgeschenke im Dorf abzusetzen.

*Tagebuch des Mörders*

Sie ist im Dorf. Du bist im Dorf. Du stöberst. Du suchst. Du schnüffelst. Nichts. Du wirst nichts finden. Ich bin unerreichbar. Ich weiß, daß du das Buch angeschaut hast. Du hast gewagt, es anzuschauen. Wie du mein kleines, geliebtes Tagebuch entweiht hast... Gottlose! Ketzerin! Deine Freveltaten häufen sich! Ich bin hier der Meister, das hast du noch nicht begriffen, der Meister! Sharon hatte es auch nicht begriffen. Arme Sharon... Ich bin der Meister, und ihr seid mein Spielzeug. Und du wagst es, mir ins Gesicht zu blicken, wo sich alle vor mir niederwerfen? Die Welt ist aus den Fugen.

Ich mußte die Blätter zerreißen, die du besudelt hast, sie sind häßlich geworden, sie stanken, sie stanken, hörst du? Sie stanken nach Angst, diesem abscheulichen Geruch, den die anderen abgaben, als sie begriffen, was geschah, dem scheußlichen Geruch, den auch du mit dir herumträgst und der nur auf ein Loch wartet, um herauszukommen, sich durch das Fleisch hindurch zu verbreiten; dem scheußlichen Geruch, den man in Höhlen und tief in Löchern einschließt, damit wir hier weiteratmen können, wir, die Lebenden. Mir ist übel, mir ist übel, ich will nicht, daß du lebst, ich will nicht mit dir spielen, ich will nicht mit dir spielen!

Nichts wird mich daran hindern, wieder anzufangen. Wieder und wieder. Solange ich will. Ich werde dir sagen, wann. Ich werde dir sagen, wo. Und du wirst nichts tun können. Denn ich bin der Meister.

*Jeanie*

*Könntest Du nicht damit fortfahren, das Leben Eurer Familie zu erzählen, statt von Dir zu sprechen? Das ist interessanter. Die Beerdigung Deines Bruders zum Beispiel, das muß doch ein großartiger Augenblick gewesen sein...*

*Tagebuch des Mörders*

Schon wieder diese Schweinereien auf meinen Blättern... Was ist los mit dir, wirst du verrückt? Was willst du erreichen? Willst du mich reizen, mich wütend machen, mich dazu bringen, mich zu verraten, nur weil ich wütend bin... glaubst du, ich bin dumm? Du glaubst vielleicht, liebe Jeanie mit dem reinen Herzen, daß ich bei Tisch schreiend aufspringe: »Aber Jeanie, weshalb beschmieren Sie immer wieder mein Tagebuch?«

Du träumst, Jeanie... du glaubst, ich kann mich nicht beherrschen,weil ich mich zu Recht ereifere? Du glaubst, mich zu reizen, indem du mir mit Zack, dieser halben Portion, in den Ohren liegst? Du ziehst vorschnelle Schlüsse. Schau, wie ruhig ich bin. Wie ich dich durchschaue... Von Anfang an habe ich dich durchschaut. Ich habe dir sogar erlaubt, das Buch zu finden. Ich wußte, daß du dich freuen würdest, es zu finden. Zudem beschäftigt es dich.

Versuch also, ab und an ein wenig hinter die Dinge zu blicken... Ach! Außerdem gebe ich es auf, schließlich bist du nichts weiter als eine armselige Kreatur und ich kann nichts für dich tun!

*Jeanies Tagebuch*

Das zeigt, daß ihn das Gespräch mehr interessiert als sein gewöhnlicher Mischmasch. Kein Wunder! Achtzehn Jahre, ohne mit jemandem über diesen merkwürdigen Verrückten zu sprechen, der in ihm steckt! Wenn er mich nicht hätte, müßte er mich erfinden! Das ist es übrigens, was er mit seinem schweinischen Tagebuch getan hat, irgendwas oder irgendwen erfinden, mit dem er reden kann...

Gestern habe ich im Dorf ein Buch über Hexerei und ein anderes über Teufelsbeschwörungen gekauft. Komisch, daß es in einem kleinen Dorf wie hier Kundschaft für so was gibt... »Ich habe Stammkunden«, meinte der Typ mit geheimnisvoller Miene zu mir.

Ich habe das alles studiert: Beschwörungsformeln, Besessenheiten, Pipapo, ich habe schon das Gefühl, mir wachsen Bocksbeine! Auf jeden Fall habe ich eine schöne Teufelsaustreibung gefunden, gerade richtig für widerspenstige und besonders teuflische Dämonen. Ich muß eine Inszenierung finden, die dazu paßt. Nur nichts überstürzen.

Ich habe ihm keine Nachricht hinterlassen. Ich habe lediglich seine Blätter in kleine Stücke zerschnitten. Ich konnte mich nicht beherrschen; meine Lust, ihm in die Fresse zu schlagen, ist zu groß. Aber jetzt habe ich ein bißchen Angst. Ich werde versuchen, so wenig wie möglich zu schlafen.

*Tagebuch des Mörders*

Ich hasse dich.

Du hast mein Werk verwüstet, meine Sprache, meine Stimme; du hast es mit deiner scharfen Schere verwüstet und verstümmelt, klapp, klapp, du wolltest mich umbringen, ich weiß es, ich kenne den Genuß der Schere, klapp, klapp, die über dem Fleisch klappert, über meinem Fleisch aus Papier; du bist wie diese Verrückten im Fernsehen, eine Wahnsinnige, das bist du, eine Wahnsinnige, eine häßliche und alte Wahnsinnige; ich hasse dich.

Ich muß. Nein, das wirst du nicht lesen. Aber es muß dennoch sein. Die Zeit vergeht, während du auf unsere Kosten fett wirst.

Gestern hat Mama von Sharon gesprochen. Sie hat ein bißchen geheult, wie üblich. Ich habe sie getröstet. Wir waren allein, und ich sagte: »Wein doch nicht, sie werden ihn kriegen, schau...« Sie hat mich mit einem merkwürdigen Gesichtsausdruck angesehen... Und ich spürte, daß sie mich verabscheut... Ich will nicht dazu gezwungen sein... nein, nicht Mama, selbstverständlich nicht, das werde ich nicht tun. Aber das war mein erster Fehler. Er hätte schlimm sein können, sehr schlimm.

*Jeanies Tagebuch*

Der Einfaltspinsel! Er kann sich also doch täuschen! Er muß allmählich gereizter sein, als er zugibt! Warum war ich nicht gerade in der Nähe, warum?!

Für die Teufelsaustreibung werde ich das Tonbandgerät benutzen.

Seit dem Tod von Sharon ist meine Angst verflogen. Es gibt Menschen, denen man sich näher fühlt als anderen. Sharon war so ein Mensch. Genug davon.

Seine Mutter weiß es und schweigt. Seine Mutter. Ihre Mutter. Sie ist das schwächste Glied in der Kette. Der Schwachpunkt. Bei ihr muß ich anfangen.

Nein, das ist genau, was er will. Um mir ein Motiv für ihren Mord zu geben. Weil er genau das von Anfang an wollte: sie töten. Mit einem idealen Schuldigen: seinem Vater! Ich phantasiere. Wenn man diese Psychoschinken liest, verbringt man seine Zeit damit, wahnwitzige Hypothesen zu entwerfen. Phantastereien.

Ich bin in einer Sackgasse.

Ich bin schon immer drin gewesen.

*Tagebuch des Mörders*

Du hast es dir nicht erlaubt, wieder anzufangen, was? Das ist gut. Ich kann mich also mit wichtigeren Angelegenheiten befassen.

Jack hat bei seiner Musikprüfung die beste Note erhalten. Die Mannschaft von Clark hat das Spiel gewonnen. Mark bekommt einen hervorragenden Praktikumsbericht. Stark ist der Beste in seiner Klasse. Super, nicht?

Wir sind sehr gut, finde ich. Es wäre schwierig, uns bei einem Fehler zu ertappen. Vielleicht sind wir die Perfektion in Person. Wieviel Jahre Zurichtung braucht eine derartige Perfektion?

Papa hat gesagt, daß wir Champagner trinken, um das alles zu feiern. Papa ist stolz auf seine Söhne.

Sharon war nichts weiter als eine dumme Kuh. Und du, Jeanie, du Memme, du hast nichts bei Doktor March zu suchen, du bist zu aufdringlich und böse.

*Jeanies Tagebuch*

Ich habe die Alte in der Küche festgenagelt. Wir sprachen über das Wetter, das Leben, ich fuhr fort, über die Kinder zu reden. Und wie niedergeschlagen sie wegen Sharon waren, was für ein trauriger Unfall... (Ich schälte Zwiebeln, und dementsprechend sahen wir auch aus.) »Wie wäre es, wenn wir für heute abend einen Pudding machen würden, Madame?« – »Warum nicht?« – »Da wir gerade von den Jungs sprechen, ich wollte Ihnen sagen, daß einer ins Bett gemacht hat, wirklich seltsam, wie lange so was dauern kann.« – »Sie waren sehr früh sauber. Das war sicherlich ein Unfall, ein Traum... das kann jedem passieren, reichen Sie mir das Mehl.« – »Es kommen nicht viele Mädchen hierher, es ist ziemlich einsam...« – »Ach, daran liegt ihnen nicht viel, sie sind glücklich mit der Familie, sie sind zu jung, um den Mädchen nachzulaufen, das kommt noch früh genug, alles zu seiner Zeit...« (Zu jung, um den Mädchen nachzulaufen, diese großen Bullen!)

»Soll ich den Pudding mit Schokolade oder mit Rosinen machen, Madame?« – »Mit Schokolade und Rosinen.« –

»Gestern habe ich Jack beobachtet, der versuchte, Sie wegen Sharon zu trösten, ich fand ihn wirklich sehr liebevoll.« – »Jack? Ich glaube, Sie irren sich.« – »Ach, ich muß ihn verwechselt haben, die Jungs sehen sich so ähnlich, und im raschen Vorübergehen im Flur...« – »Nein, nicht daß ich wüßte...« – »Sie sahen so traurig aus...« – »Nein, wirklich Jeanie, Sie müssen geträumt haben, meine Gute! Oh, schauen Sie, schnell, da brennt was an!« (Eine Lüge.) Ende des Gesprächs. Niederlage auf ganzer Linie.

Ich gehe noch mal ins Arbeitszimmer des Doktors. Heute nachmittag werde ich dort Staub wischen, das ist sicher nötig.

Ich gehe nach unten, es klingelt.

*Tagebuch des Mörders*

Eben hat jemand geklingelt. Ich höre, wie Jeanie nach unten geht. Ich frage mich, wer das um diese Zeit sein kann. Eine Frauenstimme... es ist die Mutter von Karen, ich erkenne ihre schrille Stimme. Was will die denn? Sie geht wieder... Jeanie kommt wieder nach oben. Ihr schwerfälliger Gang, wie eine Kuh. Jetzt ist sie in ihrem Zimmer.

Es ist die Zeit der Mittagsruhe. Wir halten immer noch Mittagsruhe. Man denkt nach, entspannt sich. Ich denke nach. Ich entspanne mich.

Mama sah heute mittag merkwürdig aus. Ich frage mich, was du ihr getan hast, Jeanie. Hast du versucht, ihr die Würmer aus der Nase zu ziehen? Warum solltest du das tun, Jeanie? Willst du, daß Mama krank wird?

Mit deiner übertriebenen Art, deine Nase überall hineinzustecken, hast du bereits Sharon soweit gebracht, diesen dummen Unfall zu haben. Es ist deine Schuld, daß Sharon tot ist, hörst du? Sei also weniger brutal bei deinem Vorgehen, Jeanie, sei kühler, meine Gute, wenn du nicht willst, daß Leichen deinen Weg säumen... Laß mir das Vergnügen zu töten, sei bloß nicht neidisch, das ist wirklich nichts für Mädchen, verstehst du?

Genug gescherzt, es ist Zeit. Ich muß meine Geschäfte vorbereiten.

Und was die Mutter von Karen angeht, Jeanie, glaubst du nicht, daß sie sich eigentlich umbringen müßte? Aus Kummer?

*Jeanies Tagebuch*

Dreckiges Schwein! Du glaubst, daß du mich kriegen kannst, wenn du versuchst, mir die Schuld in die Schuhe zu schieben? Hältst du mich für eine Klosterschülerin? (Dieser Gin brennt, das ist gräßlich, aber wenn schon... beim zweiten Schluck geht es schon besser.)

O.K., ich laß das mit deiner Mutter. Ich werde dir weder eine Gelegenheit noch einen Vorwand geben... lieber nachgeben... Aber rühr Karens Mutter nicht an, sonst... Sonst nichts, wie üblich. Ich fühle mich völlig machtlos.

Ich habe eine geniale Idee. Eingreifen durch kaltstellen. Ich werde erst den einen am Arm verletzen, am rechten Arm, und dann den anderen, zack, bis die Botschaften aufhören oder seine Handschrift sich verändert.

Einfach und gefahrlos wie »guten Tag«, ganz ungeschickt: »Ach, verflixt! Ist das Ihr Arm, in den ich die Gabel gestochen habe? Sie müssen entschuldigen, ich dachte, es wäre das Hühnchen...« Oh! Treppe zu kräftig gebohnert, Pech gehabt, Bein gebrochen! Sabotage an den Autobremsen? Ach, wie schade! Nein, nicht die Bolschewisten, nur der Zufall. Alles kaputt? Ach, großes Unglück für Doktor; Doktor auch kaputt? Ach, großes Unglück für Land! Familie so bekannt, posthum ausgezeichnet mit dem Orden der Gesellschaft für Hinterlist. Der Präsident kommt zur Beerdigung. Und Jeanie? Sie ist schön, Jeanie, ganz in Schwarz, streng, die Haare straff nach hinten gekämmt; sie drückt dem Präsidenten die Hände; die Armen, die armen Kleinen, so liebenswert, so anständig, so gut von Haus aus. Mutter ist zusammengebrochen, nein: Mutter hat sich umgebracht, Kopf im Backofen, zusammen mit der brutzelnden Weihnachtsgans, schrecklich...

Höre jemanden hinter der Tür. Setze mein Glas ab, das nicht stehen bleiben will, dieses Glas... Kann die Uhrzeit nicht erkennen, die Uhr hat drei Zeiger. Sabotage an der Uhr? Würde gerne aufstehen, um nachzusehen. Ist aber unmöglich, den Stuhl zu bewegen. Alles schwankt. Befremdend. Vielleicht, vielleicht die Müdigkeit?

Dieses Bäumchen-wechsel-dich-Spiel in meinem Kopf... denke zuviel, bin zu nichts mehr zu gebrauchen, das Mädchen für alles ist zu nichts mehr zu gebrauchen...

Jemand atmet und zischelt und dreht am Türgriff; ja, ja, ich sehe, wie er sich dreht; hahaha, abgeschlossen. Oh, das ist merkwürdig, ich kann meine Schrift nicht mehr lesen, das ist ja alles auf chinesisch geschrieben; ich wußte gar nicht, daß ich Chinesisch kann...

Es reicht, dieser Krawall; schließlich wäre dieser Stuhl fast umgefallen; wo ist mein Revolver? Ach, ich sehe ihn, er liegt auf dem Bett, er ist wirklich hübsch... übrigens sollte ich ihn fertig putzen und die Kugeln wieder reinstecken, sonst bin ich wirklich in Gefahr.

Als ob sich jemand an der Tür riebe, wie eine dicke Katze, das nervt mich, ich mache auf.

Liebe Leser und Hörer, dies ist der Moment der Wahrheit, ja, die Schicksalsminute; ja, ja, immer mit der Ruhe; jetzt aber, hält er meine Tür für ein Bett, oder was? Ich geh' und geb' ihm eine hinter die Ohren...

*Tagebuch des Mörders*

Es hat mich plötzlich gepackt. Unmöglich zu widerstehen. Ich mußte einfach hingehen. Es war so stark... es zog mich von überall her an. Ich stand auf.

Ich ging auf Zehenspitzen den Flur hinauf, ich dachte nur noch an das eine, ich balancierte mit spitzen Fingern das Rasiermesser, es war schwer, als ob es mit Blut vollgesogen wäre, wie ein mit Blut vollgesogener Körperteil von mir, ein anderer Körperteil, der mich in die Länge zog.

Unter ihrer Tür sah man einen Lichtstreifen. Obwohl es spät war. Sie schlief nicht, sie erwartete mich. Ich wußte sofort, daß du mich erwartet hast. Das war es, was mich wach gemacht hat, nicht der Alptraum, nein, sondern deine Erwartung, dein Ruf in der Nacht, daß ich kommen und dir antun soll, was getan werden muß.

Ich war da, ich zitterte, ich zittere immer, wenn ich so warte, ich war ganz steif an deiner Tür, ich belauschte dich auf der anderen Seite, ganz allein im dunklen Flur, das Rasiermesser auf meinen Schenkel gepreßt, das war der Augenblick, Jeanie, das war der Augenblick für dich...

Ich rief dich, ich preßte meine Lippen an das Holz und flüsterte deinen Namen, ich liebkoste das Holz: »Antworte, antworte doch, ich bitte dich...«

Ich schmiegte mich an die Tür, ganz eng, ich rieb meinen gestreiften Pyjamabauch daran, wie eine Katze, die auf ein

Streicheln wartet, das Rasiermesser auf das Holz gepreßt, das langsam nachgab... Ich will, daß du herauskommst, daß du herauskommst und ins Messer läufst, öffne diese Tür, öffne sie! Du würdest so schnell sterben, ohne es zu begreifen, nur mein süßes Lächeln und diese schreckliche Wärme in deinem Bauch...

Ich höre, wie du aufgestanden bist und dann, plötzlich, diesen Lärm, diesen unglaublichen Lärm, den du gemacht hast, warum hast du diesen Lärm gemacht? Du hattest nicht das Recht dazu, man hatte den Eindruck, alles in deinem Zimmer bricht zusammen! Ich hörte Papas Stimme: »Was geht hier vor?«

Papa ging und klopfte an deine Tür: »Haben Sie Probleme, Jeanie?« Ich hörte deine rauhe Stimme antworten: »Es geht, Monsieur, ich bin aus dem Bett gefallen, das ist alles...« Und dann ein Lachen, ein irres Lachen... Papa sagte zu uns: »Los, geht wieder schlafen.« Wir haben uns wieder hingelegt. Ich habe mich flach auf den Bauch gelegt und bin schließlich eingeschlafen...

...

Gerade bin ich schlagartig aufgewacht. Schon wieder. Ich habe geträumt, daß Jeanie mich von hinten überrascht, sie erwürgte mich mit einem Schal, ich spürte, wie ich starb, und sie lachte unaufhörlich.

Es war ein dummer Traum. Der Schal wand sich, wurde zur Schlange, die mir in den Mund kroch, schlüpfrig und klebrig, ich bin aufgewacht.

Jetzt bin ich ruhig. Was für eine Dummheit hätte ich beinahe begangen! Ich muß mich ernsthaft in acht nehmen.

Verdammter Kater! Die Flasche ist leer. Ich muß sie heimlich wegwerfen. Nach dem Krach von gestern abend muß ich versuchen, mich ganz klein zu machen. Sie schauen mich alle schräg an. Ich habe einen dicken blauen Fleck an der Wange und einen anderen am Schenkel.

Ich habe noch mal gelesen, was ich aufgeschrieben hatte, denn ich konnte mich an nichts erinnern. Das zeigt wieder mal, wie nützlich es ist zu schreiben… Mein Gott, wie konnte ich nur so dumm sein, ich hätte sterben können. Wenn ich nur daran denke, tut mir mein Kopf gleich noch mehr weh, ich werde eine Kopfschmerztablette nehmen.

Ich muß gestürzt sein, als ich aufstehen wollte, denn der Stuhl lag auf dem Boden und das Tagebuch war aufgeschlagen. Ich bin auf dem Boden liegend aufgewacht, völlig durchgefroren. Oh, Jesus, Alkohol ist wirklich eine Sünde, du hattest recht, Mama!

Sie sind gerade gegangen. Ich werde in die Bibliothek gehen. Gestern konnte ich nicht, sie hing den ganzen Tag an meinem Rockzipfel.

…

Sie haben es vermutet? Richtig getippt: das Buch ist nicht mehr dort. Verschwunden! Ich habe überall gesucht: nichts. Er will mich glauben machen, daß ich geträumt habe. Oder er hat ein Gesicht hinzugefügt, daß ich nicht sehen soll…?

Ach, ich vergaß, die Tanne ist da. Ein riesiges Ungetüm, voller Stacheln. Heute abend wird sie dekoriert, Kugeln und Girlanden. Bald ist Weihnachten. Wenn ich an Bobby, diesen Dreckskerl, denke, der Weihnachten in der Sonne von Acapulco verbringt, während ich vielleicht als Holzscheit für den Kamin diene…

Wenn dieser Schwächling nicht mit der Kohle und dem Schmuck abgehauen wäre, wäre ich nicht hier, ich läge im Bikini und mit gespreizten Zehen am Strand!

Ich habe noch nie das Zimmer vom Doktor durchsucht... Vielleicht lohnt sich die Mühe.

Ich werde es tun.

*Tagebuch des Mörders*

Die Tanne ist da! Sie ist wunderbar! Wir haben sie mit Kugeln und goldenen Girlanden geschmückt, und sie strahlt in voller Pracht. Was für ein Vergnügen, diesen schönen Baum zu schmücken! Mama sang vor sich hin, Papa stand ganz oben auf der Leiter, um den Kristallstern anzubringen, es verspricht wirklich ein schönes Weihnachtsfest zu werden, besonders für mich.

Wir müssen übrigens die Weihnachtslieder wiederholen, die wir am Abend singen werden, denn Mama hat ganz schön viele Leute zum Zuhören eingeladen und Clarissa wird kommen, um Klavier zu spielen. Sie begleitet uns immer, wenn wir singen. Sie ist eine gute Begleitung.

Wir haben eine gute Stimmlage und eine schöne, ernste Stimme, scheinbar sehr ergreifend. Weil Mama es liebt, daß wir alle vier im Stehen und in einer ordentlichen Reihe, mit weißem Hemd natürlich, den Namen des Herrn preisen, begleitet uns Clarissa und nicht Jack. Das sieht mehr nach einem Chor aus, dem »Chor der Engel«; du hast Glück, du kannst ihn bald live erleben...

Du wirst schon sehen, Jeanie, wie ein Weihnachtsabend bei uns ist!

Ich bin perplex. (Das ist lustig, ich hätte nie geglaubt, daß ich dieses Wort eines Tages verwenden würde... Um ehrlich zu sein, gibt es viele Dinge, von denen ich nie geglaubt hätte, sie tun zu können...)

Ich habe das Buch gefunden. Versteckt unter den Unterhosen vom Doktor. Und deshalb bin ich perplex. Wer hat es dort versteckt? Der Doktor, um seinen Sohn zu decken? Oder ist vielleicht der Doktor...? Nein, ich rede Unsinn.

Dennoch, es muß doch eine Erklärung geben. Ich habe immer gedacht, die Alte ist auf dem laufenden. Aber weshalb nicht der Doktor?

Ich habe den Eindruck, daß man Katz und Maus mit mir spielt. Gestern abend haben wir den Baum geschmückt. Ich war völlig geschafft, als ich nach oben ging. Heute morgen habe ich sein übliches Kauderwelsch gelesen. Er ist voller Vorfreude, das Schwein! Ich muß Erkundigungen über diese Clarissa einholen. Wieviel Frauen gibt es in diesem verfluchten Kaff noch, die er abschlachten könnte?

Ich werde ihm eine Nachricht hinterlassen:

*Du, der Du blutbefleckt bist, müßtest Angst davor haben, den Namen des Herrn anzurufen, denn die Hand Gottes wird den Verbrecher ergreifen und ihn in Asche verwandeln...*

Das gefällt mir. Das erinnert mich an die Schwüre im Gefängnis, wie haben wir uns amüsiert! Ich gehe, die Alte ruft mich. Als Strafarbeit Bügeln und Flicken.

*Tagebuch des Mörders*

Der Herr riecht schlecht, der Herr ist schmutzig, er riecht alt, er riecht nach feuchten Betten. Du bist nur eine Sklavin, Jeanie, du fürchtest den Befehl dieses senilen Greises, aber ich, ich bin frei, ich bin wie ein kosmischer Held, der das Universum durchstreift und sich über die Götter lustig macht, ich bin der Meister des Buchs, der Schreiber des Todes, das verborgene Gesicht Gottes, das dich mit weißen und gesunden Zähnen anlächelt...

Meine Zähne dagegen sind von innen her völlig verfault, alles, was ich esse, wird schwarz und faulig, meine Zähne sind voller Würmer, alles, was ich ablecke, nimmt den Geschmack von Schwefel an und fängt an zu stinken.

Glaubst du, daß Clarissa eine Schlampe ist?

Aber was soll's, Jeanie, was bedeutest du schon? Schläfst du? Dir geht ein Licht nach dem anderen auf, aber du machst keine Punkte, nimm dich zusammen, meine Gute, nimm dich zusammen!

Manchmal habe ich den Eindruck, dich sehr gut zu kennen...

*Jeanies Tagebuch*

Das stimmt, daß er mich kennt. Ab und zu habe ich sogar das Gefühl, daß er mich nachäfft.

Der Morgen war ziemlich ausgefüllt. Anordnungen, Inventur für Weihnachten, Staubwischen usw. Sie haben ordentlich zugelangt beim Frühstück. Die Alte hat mir vom »groooßen Weihnachtsaaabend« erzählt: Sie werden sich vollstopfen, den Herrn preisen und ihm Opfer darbringen. Warum nicht auch eine Jeanie und eine Clarissa? Im Gefängnis gab es eine Französin, sie nannte mich Jeanissa, sprach es »Djénissa«, darüber mußte sie lachen. Scheinbar ist das ein Name für eine Kuh.

Im Fernsehen haben sie heute nachmittag einen Science-fiction-Film gezeigt. Es war die Geschichte eines Dinges, das die Gestalt von Personen annahm, um sich ihrer zu bemächtigen. Man konnte nie wissen, in wen sich dieses Ding gerade verwandelt hatte, jeder konnte es sein, sie oder ich... oder er?

Einverstanden, ich schäme mich zwar, das zu schreiben, aber ich habe es gedacht: Und wenn es ein Etwas wäre, das menschliche Gestalt angenommen hätte, ein blutrünstiges Ding, das mir Theater vorspielte und mich auf falsche Fährten lockte: Hexerei, Neurosen, Schizophrenie, Mord im Orient-Express... gut was, man sollte auch ein wenig lachen. Heute abend wird der Herr Doktor eine Lichterkette für den Baum mitbringen.

Die Mutter von Karen ist vorbeigekommen, um die Mütze zurückzubringen, die Sharon in ihrem Wagen vergessen hatte. Ich habe die Mütze in meinen Schrank gelegt.

Ich bin gerade dabei, mir über meinen Fehler klarzuwerden: Ich kann einfach nicht glauben, daß es einer von ihnen ist. Ich bin auf diese Beziehung zu ihm fixiert und vergesse darüber, eine zu den anderen herzustellen, obwohl er einer von ihnen ist.

Ich hätte nie gedacht, daß mein armer Kopf sich so viele Fragen ausdenken kann. Du siehst, Papa, ich bin gar nicht so dusselig... Obwohl ich mich ins Lebkuchenhaus habe locken lassen, ins Haus der Menschenfresser... Das war's, es ist Zeit, wieder an die Arbeit zu gehen.

*Tagebuch des Mörders*

Heute nachmittag habe ich die dicke blonde Schlampe von Papa getroffen. Sie hat mich am Arm genommen, und wir sind ein Stückchen gegangen. Sie roch nach Parfüm. Ich habe versucht, mich zu entfernen, aber sie hielt mich fest, ich sah, wie ihr Busen bebte, ich spürte ihren Atem, ich kann einfach nicht glauben, daß Papa und diese Frau …

Mich würde es ekeln, das mit ihr zu tun. Ich verstehe nicht, weshalb sie alle immerzu an das denken. Auf jeden Fall hat uns niemand zusammen gesehen. Ich achte immer auf derartige Kleinigkeiten. Sie hat mir gezeigt, wo sie wohnt. Es ist ein gutes Wohnhaus. Keine Concierge.

Sie wollte, daß ich auf ein Glas mit nach oben komme, aber ich habe abgelehnt. Ihr Mann war bei Hausbesuchen … Sie muß nymphoman sein. Sie hat mir aufgetragen, Papa von ihr zu küssen. Das soll sie ruhig selber machen. Ich hasse ihr dreckiges Grinsen.

Ich habe gehört, wie Mama Jeanie fragte, was die Mutter von Karen wollte. »Nichts«, antwortete Jeanie, »sie wollte mir nur etwas zurückgeben.« Was verbirgst du mir, heißgeliebte Jeanie?

*Jeanies Tagebuch*

Während alle unten waren und den Film anschauten, bin ich nach oben zum Doktor gegangen und habe das Buch an mich genommen. Ich riß die Seite, auf die mein Gesicht gezeichnet ist, heraus und faltete ein Papierschiff daraus, das ich in die Garderobe legte. Ich habe derartige Haßanfälle wegen diesem Schwein, daß ich mich nicht mehr beherrschen kann.

Das Buch ist hier versteckt. Ich sage aber nicht, wo. Man weiß ja nie. Auf das Papierschiffchen habe ich geschrieben: *Ich bin gekommen, um das Böse auszutreiben.* Und ich skizzierte einige Punkte, die ich aus dem Buch über Hexerei abgeschrieben hatte. Danach habe ich mit düsterer, durch ein Taschentuch verzerrter Stimme eine Teufelsaustreibung (auf Hebräisch oder so, jedenfalls sehr beeindruckend) aufgenommen (Jeanie Morgan in *Die Rückkehr des Exorzisten VI*). Und keine Übersetzung. Damit er sich den Kopf zerbrechen muß.

Ich werde der dicken Blondine einen anonymen Brief schreiben, um ihr nahezulegen, die Söhne des Doktors zu meiden. Sie wird sich zwar Sorgen machen, aber dafür am Leben bleiben: *Du elende Schlampe, der Vater reicht Dir wohl nicht, brauchst Du den Sohn auch noch!*

So, das wird genügen. Oh, Mist, kein Schnaps mehr! Muß welchen kaufen. Es wird immer kälter. Brauche was zum Wärmen. Gute Nacht, Kinder.

Morgen früh werde ich das Tonband deponieren. Es ist merkwürdig, daß wir uns noch nie über den Weg gelaufen sind. Ich denke gerade daran, daß er das letzte Mal das Tonband nur wenige Sekunden, bevor ich kam, angeschaltet haben muß. Daß er also wußte, daß ich kommen würde...

Das würde heißen, daß er es deponierte, während ich das Badezimmer saubermachte... genau nebenan?

Würde es das heißen?

*Tagebuch des Mörders*

Sie hat das Buch zerstört!

Ich habe ihr lächerliches Papierschiffchen auseinandergefaltet und mehrere Male mit aller Kraft hineingestochen.

Nichts wird das Böse von hier vertreiben, nichts, ich bin hier zu Hause, verstehst du? Zu Hause! Ich habe mein Messer in deine Wangen gestoßen, in deinen Mund, deinen Mund vor allem, der Beleidigungen ausspuckt, ich habe deine zusammengepreßten Lippen mit der Klinge des Messers auseinandergeschnitten und unter deiner Zunge und zwischen deinen Zähnen herumgewühlt, ein schöner, roter und pulsierender Brei, damit du endlich deinen Mund hältst, verstehst du?!

...

Neulich in der Nacht hast du Glück gehabt, weißt du, aber das wirst du nicht immer haben. Ich bin geduldig und hartnäckig. Der Glaube kann Berge versetzen, und er wird mein Messer bis in deine Eingeweide versetzen...

Heute morgen hast du dem Briefträger einen Brief mitgegeben. Ich mag es nicht besonders, wenn du Briefe verschickst. Hast du nichts Besseres zu tun?

### *Jeanies Tagebuch*

Ich habe das Tonband nicht aufgestellt. Hatte keine Gelegenheit. Während der Mittagsruhe hörte ich, wie eine Tür aufging. Ich öffnete meine einen Spalt weit. Clark ging vorbei und verschwand in der Toilette. Ich habe die Tür angelehnt gelassen, für alle Fälle... und meinen Revolver in die Hand genommen (ich muß ja ausgesehen haben, hoffentlich hat mich niemand gesehen), kurzum, eine andere Tür geht auf, ich riskiere einen Blick: Es ist Mark. Er geht in Jacks Zimmer. Eine andere Tür: Es ist Stark, er geht nach unten, kommt mit Milch wieder hoch, dieser Milchfimmel, eine Rückkehr zu seinem Fläschchen... Mark kommt aus dem Zimmer von Jack. Geht in sein eigenes. Clark kommt von der Toilette zurück, mit seinem Buch in der Hand. Dann rührt sich niemand mehr. Der Doktor schneit herein und grölt: »Los, los.«

Ich schließe meine Tür, sobald ich ihn höre. Radau, sie gehen hinunter. Die Alte bleibt unten, sie strickt vor dem Fernseher. Gut.

Und heute abend, bevor sie zurückkamen, habe ich seine Nachricht gefunden:

*CQFD = das ist Zauberei!*

Ich glaube, er macht sich über mich lustig.

Apropos Tonband, ich werde damit folgendes machen: Morgen mittag kommt der Doktor nicht zurück. Er muß zur Visite ins Krankenhaus. Gleich nach dem Abräumen: »Ich gehe nach oben, Madame, das Badezimmer saubermachen.« Dort werde ich warten, bis ich sie in ihre Zimmer zurückkommen höre, um ihre hochheilige Mittagsruhe zu halten. Ich werde das Tonband anschalten und die Tür von meinem Zimmer sorgfältig abschließen. Ich bin sicher, daß er hingehen wird, um nachzusehen.

Sicherlich wird er die ganze Bude durchsuchen, um das Buch wiederzufinden, aber mein Versteck ist gut.

Nun ja, man wird ja sehen. Im Bett. Ich habe bei Karens Mutter eine Flasche Sherry geborgt.

Nicht schlecht, dieser Sherry.

Heute morgen war die Blondine da. Sie hat mich erwartet. Ich habe ihr gesagt, daß ich in Eile sei, aber sie bestand darauf, daß ich auf ein Glas mitgehe. Zu ihr. Ich habe zugestimmt. Ich hatte eine halbe Stunde frei, das reichte. Wir sind zu ihr gegangen.

Mein Körper ist manchmal gezwungen, derartige Dinge zu tun, damit die anderen keinen Verdacht schöpfen: Sie dürfen nicht wissen, wie ekelhaft ich das finde. Kaum angekommen gab sie mir Alkohol (Whisky) zu trinken, ich verabscheue das, aber niemand weiß es. Ich habe getrunken, sie hat getrunken: »Machen Sie es sich bequem.« Sie zog ihre Schuhe aus: »Mein Mann ist im Krankenhaus, er operiert, er hatte eine Verabredung mit Ihrem Vater...« Sie rutschte hin und her, wenn ich mein Messer dabeigehabt hätte...

Ich schwitzte, ich spürte den Schweiß unter meinen Achseln, sie wollte, daß ich es tue, unmöglich zu entkommen, ich näherte mich ihr und küßte sie auf den Mund, ein wenig zu heftig, glaube ich, sie wich zurück und stöhnte: »Hey, langsam, grober Kerl!« Ich habe sie gepackt und wieder angefangen, sie hat sich gewehrt. Sie sollte kriegen, wonach sie verlangte...

Als ich ging, stöhnte sie und wand sich wie eine Krake. Ich machte einen auf charmant und tröstete sie: »Verzeihen Sie mir, ich konnte mich nicht beherrschen, Sie waren so verführerisch...« (Dicke Sau, dachte ich, wäre es dir lieber gewesen, wenn ich dir ein schönes Küchenmesser hineingestoßen hätte? Du müßtest mir auf Knien danken, daß ich deinen Leib mit meinem auch nur berührt habe!) Ich lächelte sie an, wenigstens habe ich es versucht... Sie zog die Nase hoch und zog sich wieder an, sie war nicht wirklich unzufrieden.

Nach dieser Sache wird man sagen, daß ich es bin, der nicht normal ist.

Zu Hause angekommen habe ich mich ausführlich gewaschen.

Ich werde abwarten. Ich weiß, daß meine kleine Jeanie auf Nachricht von mir wartet... Sie hat gerade ihre Tür abgeschlossen, ich werde hingehen.

*Jeanies Tagebuch*

Seltsam, keine einzige Tür geht auf. Ich höre nichts, die Alte spielt unten Klavier, sie übt ein schönes Kirchenlied. Ein Schrei. Habe ich einen Schrei erwartet?

Niemand rührt sich, ich muß geträumt haben. Was tut er?

*Tagebuch des Mörders*

Ich bin in meinem Zimmer. Kleines Buch, kleines Buch, du bist mein einziger Freund, ich bin ganz allein, ich habe Angst...

Die Stimme hat etwas gesagt, die Stimme hat zu mir gesprochen, sie murmelte und flüsterte einige Worte, sie kam von hinten, als ich den Mantel von Mama streichelte. Die Stimme der Viper, mit dem Pfeifen und Zischen einer Viper, die sich vorbeischlängelt und beißen will, ich werde ihr die Giftzähne ausreißen!

Die Worte, ich habe die Worte nicht verstanden, die Worte waren hart, sie sollten mich verletzen, es waren magische Worte, wie die, die ich vor mich hin murmle, wenn ich das

Buch fülle... Ich habe keine Angst vor der Stimme, ich weiß sehr gut, daß es deine ist, deine Worte haben keine Macht, du willst den Meister spielen, was? aber du kannst es nicht, deine Stimme ist falsch, deine Worte sind falsch... hast du noch nicht verstanden, daß du keinen Pfifferling wert bist?

Aber ich habe dir eine Nachricht hinterlassen.

*Jeanies Tagebuch*

Das war's, sie sind gegangen. Ich habe sie dabei beobachtet. Sie waren ruhig und lächelten. Jack kam noch mal hoch, um seinen Schal zu holen. Clark knabberte Schokolade. Stark scherzte mit Mark wegen einem Mädchen...

...

Es gab keine neue Nachricht. Aber das Tonbandgerät lag auf dem Bett. Welche Frechheit! Wenn die Alte sich hätte hinlegen wollen!

Das Tonband war ausgeschaltet. Ich habe es angemacht, ich werde aufschreiben, was ich gehört habe: *Infandum regina, jubes, renovare dolorem. Abyssus abyssum invocat!*

Was ist denn das für ein Kauderwelsch?

Alles mit seiner spitzen und stechenden Hexenstimme gesprochen.

Vielleicht ist es ein Fluch? Ich werde den Buchhändler fragen, er sieht aus, als ob er sich auskennt. Ich werde fragen, ob Karens Mutter ins Dorf fährt und ob sie mich dort absetzen kann.

# 9 Halbzeit

*Jeanies Tagebuch*

Heute nachmittag hat mich Karens Mutter beim Buchhändler abgesetzt. Ich habe ihn gebeten, mir zwei Ausdrücke zu übersetzen, die ich in einem Buch gefunden habe und nicht verstand.

Er hat gelächelt, in einem Wörterbuch der »lateinischen Redensarten« (ich wußte nicht einmal, daß es das gibt!) nachgeschlagen und übersetzt: »Du befiehlst mir, o Königin, einen schrecklichen Schmerz zu erneuern!« Ende des ersten Teils. Und dann: »Verderben ruft nach Verderben.«

Der Auffassung des Buchhändlers zufolge heißt das, daß ein Fehler immer den nächsten mit sich bringt.

Soll das heißen, daß die Morde jetzt reihenweise geschehen werden oder aber, daß mein Fehler (ihn zur Ordnung zu rufen) seinen Fehler (einen neuen Mord) mit sich bringen wird, oder vielleicht, daß ich den Lauf der Dinge beschleunige, wenn ich ihn an seinen Schmerz erinnere? Oder, oder, oder, wohin bringt er mich, kann mein Kopf noch bewältigen, was ich mir da vorgenommen habe?

Heute abend, nach dem Essen, habe ich dem Doktor seine Post in die Bibliothek gebracht. Wissenschaftliche Sachen. Ich habe meine Unschuldsmiene aufgesetzt und ihn gefragt, ob er Griechisch und Latein lesen könne: »Selbstverständlich, was für eine Frage, die Kenntnis der Vergangenheit ist der Weg in die Zukunft.« Usw. usw. Ich kam in den Genuß eines halbstündigen Vortrags, bevor ich entwischen konnte...

Das einzig Interessante war, daß er mir erzählt hat, wie sehr er es bedauere, daß keiner seiner Söhne diese Richtung eingeschlagen habe, sie wären eher mathematisch veranlagt... Er habe ihnen zwar einige Grundbegriffe eingetrichtert, aber...

Angesichts der Tatsache, daß einer von ihnen sein Latein nicht vergessen hat, muß man annehmen, daß die Lektionen des guten Doktors nicht bei allen seinen Söhnen für die Katz waren.

Ich frage mich, ob die Schlampe des Doktors meinen Brief erhalten hat. Ich spüre, daß irgendwas passieren wird.

*Tagebuch des Mörders*

Guten Tag, Jeanie. Hast du gut geschlafen? Keine Nachricht für mich heute? Also gut, dann bis später.

*Jeanies Tagebuch (Tonbandaufzeichnung)*

Du wirst nicht entwischen. Merkst du nicht, daß du verloren bist? Noch ist Zeit, alles rückgängig zu machen. Du siehst, ich verstelle meine Stimme nicht. Ich lasse das Gerät laufen. Hör zu: Wer du auch sein magst, es gibt auf dieser Welt auch für dich einen Platz. Es genügt, daß du mit diesem Unsinn aufhörst, verstehst du? Du bist mit Sicherheit nicht so schlecht, wie du glaubst.

*Tagebuch des Mörders (Tonbandaufzeichnung)*

Du wirst nicht dafür bezahlt, Vorträge zu halten, allerliebste Jeanie, sondern dafür, daß du das Geschirr spülst. Ich habe dir zuviel Freiheit gelassen, und du mißbrauchst das.

Heute kam die Schlampe von meinem Vater, um mich abzuholen: Sie hatte mir etwas Dringendes zu sagen. Sie hat es mir gesagt.

Ich frage mich, wer derartige Horrorgeschichten über mich verbreiten könnte... Sie will mich plötzlich nicht mehr wiedersehen. Das ist ärgerlich. Ich hatte mir einige Vergnügen für sie ausgedacht, und nun bringst du sie dummerweise darum. Vielleicht sollte ich dir statt dessen das Vergnügen machen? Was meinst du dazu? Du wirst meine Stimme niemals erkennen, Jeanie, denn das ist nicht meine Stimme.

*Jeanies Tagebuch*

Er hat das Tonband vor meiner Tür gelassen. Als ich sie aufgemacht habe, bin ich draufgetreten. Was mich beunruhigt ist, daß ich nicht gehört habe, wie er es hingestellt hat, ich muß eingenickt sein, ich schlafe nachts so schlecht im Moment, ich bin völlig geschafft. Es klingelt.

...

Die Mutter von Karen hat sich umgebracht. Sie hat den Kopf in den Ofen gesteckt. Ihr Mann war für einige Tage verreist. Sie hat die Einsamkeit nicht ertragen.

Das ist die Version des Polizeibeamten, der uns gerade benachrichtigt hat. Der Gärtner hat es entdeckt. Wegen des Gasgeruchs. (Wir hätten alle in die Luft fliegen können...) Die Kinder sind mit ihrem Vater im Dorf. Die Alte weint, sie muß über einen Riesenvorrat an Taschentüchern verfügen... Tragödien werden allmählich zur Gewohnheit hier. Immerhin vermute ich diesmal nicht, daß er es war, oder vielleicht... während der Mittagsruhe? Oben läuft jemand... Nein, ich muß geträumt haben, meine Nerven gehen mit mir durch.

Und dennoch hatte er ihn angekündigt, diesen Tod. Aber sollte er das gewagt haben? So rasch? Während alle im Haus waren? Er muß Amok laufen.

Ich höre sie zurückkommen. Ich bin in der Küche. Lachen, Gedrängel, es riecht nach Schnee, es riecht nach Weihnachten. Arme kleine Karen, arme Familie, was für ein furchtbares Schicksal.

Und ich, welche Rolle spiele ich in dieser Geschichte?

### *Tagebuch des Mörders*

Karens Mutter hat sich umgebracht. Welch traurige Neuigkeit! Sie hat sich mit einem heftigen Schlag auf den Kopf zuerst umgebracht und dann, danach, eben diesen Kopf in den Ofen gesteckt und das Gas ganz aufgedreht. Arme Frau, der Kummer hat sie umgebracht.

Du siehst, Jeanie, ich errate alles. Ich hatte dir schon angekündigt, daß ihr ein Unglück zustoßen würde. Was für eine Dummheit aber auch, mich hereinzulassen... Genauso dumm wie ihre Tochter. Sie mußte doch annehmen, daß bei dem Schneetreiben niemand etwas hören würde. Es ist so still, nicht wahr, wenn der Schnee jeden Laut verschluckt.

Wirst du noch lange fortfahren, dich in meine Angelegenheiten einzumischen? Kannst du nicht mehr darauf verzichten? Du magst das wohl, wenn ich töte? Du magst das also wirklich, Jeanie?

Ich bin sicher, daß er blufft. Er hat sie nicht umgebracht. Das ist Zufall. Ich mach' nicht mit, hörst du, du dreckiges Schwein, ich nicht! Wenn ich mir vorstelle, diese arme Frau, sie hat mir erst kürzlich diese Flasche gegeben, und diese Flasche ist schon wieder leer, so geht das eben, was?! Mein Hals ist ganz trocken von all der Aufregung, ich sollte einfach an nichts mehr denken, schlafen, scherzen, wie lange ist das schon her, daß ich nicht mehr gelacht habe? Durst nach Wasser, ein Glas Wasser trinken...

Vom Wasser muß ich mich fast übergeben. Habe den Eindruck, immer durstig zu sein. Ich werde nachsehen, ob das Fenster fest verschlossen ist.

Es hat wieder angefangen zu schneien. Ich höre, wie sie unten singen. Der Doktor sah nicht gutgelaunt aus, er hat gesoffen wie ein Loch. Vielleicht mit seinem heißgeliebten Täubchen Streit gehabt.

Wie dumm ich bin! Dumm wie ein Schaf, zwei Schafe, eine ganze Herde Schafe, ich muß diese Frau treffen und fragen, mit welchem sie ge... hat. Ein bißchen peinlich, die Frage, ich muß einen anderen Weg finden. Außerdem, wenn er merkt, daß ich mit ihr Verbindung aufnehme, wird das nicht ihr Todesurteil sein? Verflixt und zugenäht! Ich muß pennen.

Ich widme der Mutter von Karen, die so gelitten hat, eine Gedenkminute.

*Tagebuch des Mörders*

Heute morgen habe ich gesehen, wie Papa in das Gebäude ging, in dem seine Nutte wohnt. Wenn er wüßte, daß sie und ich... Ich bin auch ein Mann. Ich habe Bedürfnisse zu befriedigen. Er sah angestrengt aus, armer alter Papa. Vielleicht tun Mama und er das nicht mehr, nein, ich will gar nicht daran denken.

Ich habe einen Moment gewartet, um zu sehen, ob er wieder herauskommt. Ich hoffe, daß diese Nutte ihm nichts von mir erzählt hat. Wenn Papa mich je in sein Arbeitszimmer rufen würde, um mir zu sagen... ich würde natürlich alles leugnen. Aber das wäre ganz schön ärgerlich. Am besten wäre es, sie würde die Stadt verlassen. Wenn ich nur könnte, dieses alte Mistvieh... aber nein, sie würden es vielleicht mit Sharon und den anderen in Verbindung bringen. Du hast Glück, altes ekelerregendes Fleisch, allein die Erinnerung an dich bereitet mir Übelkeit.

Und du Jeanie, laß mich in Ruhe, ich bin nicht in der Stimmung zu scherzen.

*Jeanies Tagebuch*

Gestern abend habe ich wieder zuviel getrunken, das wird allmählich zur Gewohnheit. Jaja, ich weiß, ich habe sie eigentlich schon lange, diese Angewohnheit.

Es ist Zeit, Bilanz zu ziehen. Ich werde das ganz ordentlich machen und danach eine Entscheidung fällen.

*Bilanz:*

Bis Weihnachten sind es noch fünf Tage. (Übrigens sind sie gerade dabei, mit Clarissa, die sie am Klavier begleitet, zu proben.)

Die Familie besteht aus sechs Mitgliedern:

- der Vater, Doktor;
- die Mutter, herzkrank, ein wenig altersschwach, hat einen Sohn verloren;
- Mark, Praktikant in einer Rechtsanwaltskanzlei;
- Clark, studierter Fußballer;
- Stark, Diplom-Informatiker;
- Jack, Musikkonservatorium.

Der Mörder tritt als einer der Söhne des Doktor March auf.

*Profil des Mörders:*

- er tötet nur Frauen;
- er scheint sich durch die Tat sexuell zu stimulieren;
- er mag weiße Rüben;
- er mag Pommes frites;
- es kommt vor, daß er ins Bett pinkelt;
- er ist manchmal unpäßlich: Durst, Schwindel, Zittern;
- er verabscheut Whisky;
- er ist liebenswert und freundlich;
- er kann Latein (oder hat ein Zitatenwörterbuch);
- er hat eine Schrift, die sich von der aller anderen Familienmitglieder unterscheidet;
- er hat »mystische« Anwandlungen;
- er hat eine unkenntliche Stimme;
- er errät alles, was ich denke;
- er liebt es zu spielen;
- er hat es nötig, daß man sich mit ihm beschäftigt;
- er wollte seine Mutter töten;

- er schläft mit der Geliebten seines Vaters;
- er tötet jedesmal auf eine andere Weise;
- er hat Alpträume;
- er hat gesunden Appetit;
- er trinkt keinen Alkohol, oder wenigstens fast nie (keiner von ihnen trinkt häufig);
- er ist sehr stolz auf seine Familie;
- er haßt mich, fürchtet mich, verachtet mich;
- er bewegt sich völlig geräuschlos fort;
- er weiß alles über meine Vergangenheit;
- er liebt es zu lügen;
- er hat als Kind versucht, seine Cousine Sharon zu töten (was ihm zehn Jahre später gelungen ist);
- er läßt durchblicken, daß er auch einen seiner Brüder getötet hat;
- er tötet in immer kürzeren Abständen;
- er versucht immer, sich zu rechtfertigen (im Gegensatz dazu war er am Anfang stolz darauf, zum Vergnügen zu töten).

Soviel zum Profil, ich werde meine Notizen noch mal lesen, um zu sehen, ob ich auch nichts vergessen habe.

*Andere Beobachtungen:*

- der Mörder versteckt seine Aufzeichnungen, sein Tagebuch, im Saum des Pelzmantels seiner Mutter, der in einem Schrank in ihrem Zimmer hängt;
- der Mörder führt eine Art Hexenbuch, in das er die Gesichter seiner Opfer zeichnet, sie besudelt und verstümmelt;
- das einzige sexuelle Abenteuer, von dem er sprach, war das mit der Geliebten seines Vaters;

– die Mutter des Mörders scheint zu wissen, wer er ist, oder es zu vermuten; (weiß sie auch, daß er zweifellos ihren anderen Sohn getötet hat?)
– der Buchhändler hat mir gesagt, daß er treue Kundschaft für Hexenkram habe;
– der Mörder hat mehrere Male nachts versucht, mich dazu zu bringen, meine Tür zu öffnen;
– er hat mir unbemerkt Medikamente gegeben;
– er hat Schweinereien an meiner Tür gemacht;
– ich habe ihn noch nie gesehen (das kann man bezweifeln!);
– in der kurzen Zeit, die ich nun hier bin, hat er umgebracht (oder gibt zumindest damit an): das Mädchen in Demburry, Karen, Sharon, die Mutter von Karen. Das wären vier Opfer. Er hat vor, die Geliebte des Doktors zu töten. Er kann nicht vor allzu langer Zeit angefangen haben, wenn er bei diesem Tempo unbemerkt geblieben ist. Also hat ihn dieser Wahnsinn erst in letzter Zeit gepackt. Seit ich hier bin?

Und wenn ich selbst es wäre? Ich mag Pommes frites und weiße Rüben, ich verabscheue Whisky. Aber ich habe nicht mit der Geliebten des Doktors geschlafen. Ich spinne.

Fahren wir mit dieser *Checkliste* fort (das klingt gut, es klingt nach Flugplatz):

– im Schuppen liegt eine karierte Hose, die dem Doktor gehört. Der Mörder von Karen trug ebenfalls eine karierte Hose;
– der Mörder fährt gut Ski;
– ich habe ihn kein einziges Mal wegen seiner Morde niedergeschlagen »erlebt«, außer bei Sharon.

Ich drehe allmählich durch, ich höre auf. Weshalb gelingt es mir nicht, dieses Problem wirklich in Angriff zu nehmen?

Hat er mich verhext? Ich habe Lust, sein Buch zu verbrennen. Nein, das würde mich um Hinweise bringen. Und um Beweise.

Ach ja! Eine letzte Bemerkung: Sie sind »Vierlinge«. Man erkennt sie zwar an ihrer Art, sich zu kleiden, und an ihrer Frisur, aber sie haben alle die gleichen Gesichtszüge. Also das erleichtert die Sache nicht.

Er weiß, daß ich trinke. Lohnt sich nicht, sich was vorzumachen, ich trinke. Und er weiß es. Und er nutzt es aus.

Aufhören zu trinken.

Immer die gleichen Vorsätze. Seit drei Jahren habe ich die gleichen Vorsätze, und das ändert überhaupt nichts.

# 10 Pause

*Tagebuch des Mörders*

Das ist genial! Hörst du, meine Alte, genial! Die Bullen haben den Mörder von Karen geschnappt! Wie ich mich darüber amüsieren kann, mein guter, alter Herrgott... du belohnst deine treuen Diener, was!

Du siehst, Jeanie, du bist auf der falschen Seite der Schranke, meine ist die gute Seite, die Seite der Freiheit, die Seite des Vergnügens, nicht diese kleinen, ekelhaften Dinge, mit denen ihr euch abgebt, dieses Gerubbel, das ist nur eine Vorspeise, nein, die Seite des wirklichen Vergnügens, die grenzt an das Böse, an den Schmerz, an das Fleisch, es ist das Vergnügen der offenen und blutenden Wunde. Du siehst, daß Gott nicht dich liebt, sondern mich, mich belohnt er!

Sie haben ihn geschnappt, sie haben den Mörder geschnappt, tralala. Der große Polizist hat heute morgen beim Frühstück geklingelt und uns informiert. Jeanie war ganz weiß, sie muß geglaubt haben, er kommt wegen mir, die Idiotin, die große Idiotin, und dann die Überraschung! Die gute Nachricht! Es war ein junger Verrückter, ohne Familie, ohne Wohnung, ein Penner, ein Bekloppter, er lungerte in der Gegend rum... man verdächtigt ihn übrigens, in andere, trotz der allseits bekannten Kompetenz unserer Polizei unaufgeklärte Fälle verwickelt zu sein.

Er sagt, er erinnere sich an nichts. Er hat eine karierte Hose und Blut auf seinem Hemd. Er ist sehr schlecht erzogen, und man hat beobachtet, wie er einem Hund Fußtritte gab. Offenbar droht ihm der elektrische Stuhl, eine gute Lösung für ihn; wenn man derartige Greuel begeht, bekommt man, was man verdient, nicht wahr, Süße?

Als der Bulle das erzählte, wurde Jeanie noch weißer, du warst kein schöner Anblick, Süße, du hast uns alle angesehen, einen nach dem anderen, aber du hast nur glattrasierte Wangen und frische Gesichter und erleichtertes Lächeln gesehen, oh, und wie! Auch Mama war erleichtert, sie war sehr beunruhigt wegen diesem bösartigen Sadisten, der hier herumlungerte. Papa hüstelte: »Das ist gut, das ist gut«, und dann, als hätten wir keine Zeit mehr, bedankten wir uns bei dem Polizisten, und er ging.

Wir nahmen unsere Mützen und Kappen und gingen. Mark setzte sich ans Lenkrad. Wir sahen den Polizisten mit Karens Vater sprechen, Papa drehte das Radio an.

Keine Nachricht für mich, meine Liebe, ruhst du dich auf deinen Lorbeeren aus?

### *Jeanies Tagebuch*

Heute morgen kam der Bulle vorbei, der große Dünne mit dem Schnauzbart, ein Kommissar, glaube ich; es ist soweit, sie haben den Mörder geschnappt. Das ist wirklich eine gute Nachricht! Ich habe alle beobachtet, sie frühstückten zu Ende, sie sagten: »Um so besser, das wurde auch

Zeit« und derartiges Zeug. Einmal hatte ich den Eindruck, daß Stark grinste, er ging seine Mappe holen, aber als er zurückkam, sah er mich an und wirkte völlig normal. Die Alte seufzte. Die muß sich auch wirklich erleichtert fühlen!

Sie gingen. Ich hörte, wie der Wagen gestartet wurde. Mark saß am Steuer, ich blickte aus dem Fenster und sah gegenüber diesen Kommissar mit Karens Vater, der gestikulierte und ihn abwies. Armer Kerl: seine Frau und seine Tochter.

Ich rannte hinaus (ohne Mantel, ich fror): »Monsieur, Monsieur!« Der Bulle drehte sich um: »Ja, Mademoiselle?« – »Sind Sie sicher, daß er der Mörder ist? Wie können Sie das so genau wissen?« – »Haben Sie keine Angst, er hat gestanden, aber wenn Sie etwas wissen, müssen Sie es uns sagen.« – »War das Karens Blut auf seiner Kleidung?« – »Das wissen wir noch nicht, wir warten auf den Laborbericht, ich werde Sie auf dem laufenden halten, machen Sie sich keine Sorgen.«

Und dann stieg er in seinen Schlitten, grüßte mich mit einem kleinen Nicken des Kopfes und ließ mit einem Lächeln den Wagen an. Nicht schlecht, das Lächeln. Wenn es nicht unmöglich wäre, würde ich sagen, er mag mich, ohne Witz...

Ich werde nachsehen, ob es Neuigkeiten von meinem kleinen Freund gibt. Keine Zeit gehabt, nach oben zu gehen, heute morgen. Und zudem keine Lust. Habe Lust, die Augen zu schließen und einfach abzuwarten.

...

Kleines Arschloch. Abschaum. Ihn vernichten, ihm mit Fußtritten die Fresse polieren! Stop, es reicht, beruhige dich, meine Gute, mach erst mal Essen, zieh deine Schürze an, wart nur ab, bis dir jemand deine Rechnung präsentiert. Wenn dieses verfluchte Blut nur das von Karen wäre und das alles nur ein schlechter Scherz!

...

Oh, vielen Dank, danke, der Kommissar hat gerade angerufen, es ist das Blut von Karen, oh, vielen Dank, er ist es wirklich, dieser Andrew Ich-weiß-nicht-wie, er hat sie umgebracht, oh, es war nur ein Scherz, ein dummer Scherz, und ich habe die ganze Zeit daran geglaubt! Meine Güte, ich heule, ich werde ihnen die Neuigkeit heute abend bei Tisch mitteilen, was für ein blödes Spiel aber auch, was für ein blödes Spiel! Ich muß mich etwas erfrischen, schnell, ich bin zu spät.

*Tagebuch des Mörders*

Es ist wirklich das Blut von Karen. Aber ja. Er ist wirklich der Mörder. Das Geheimnis ist gelüftet. Bravo, Jeanie, du hast gewonnen, du hast dir zwar helfen lassen, aber du hast gewonnen, ich hab' dich schön reingelegt, was? Als du das bei Tisch hinausposaunt hast, warst du ganz schön froh, und Mama erst und Papa, ein richtiges Fest der Freude und Heiterkeit, und heute abend konnten wir plötzlich singen wie die Engel. Das kleine Spiel ist also zu Ende?

Schade, ich habe mich gut amüsiert. Wir alle haben uns gut amüsiert, das Mädchen in Demburry, Sharon, alle, bis diese idiotischen Bullen alles auffliegen ließen.

Werde eine kleine Runde auf dem Friedhof machen, ich bin sicher, daß sie alle aus ihren Kisten gestiegen sind, um die gute Nachricht zu feiern. Vielleicht werden sie heute nacht sogar in dein Zimmer kommen und eine Flasche Champagner leeren. Alles in allem war es nur ein schlechter Scherz, nicht wahr?

Gute Nacht, Sherlock Holmes.

Schlaf ruhig, alles ist in Ordnung! *Vade retro*, böse Gedanken, der Mörder ist hinter Schloß und Riegel. Halleluja, halleluja!

Ich mag diese Clarissa mit ihrer Pfadfinderfresse, ihrem gesenkten Blick und dem zusammengepreßten Mund nicht besonders, sicherlich ist sie im Bett weniger zimperlich... Was meinst du, altes Haus?

*Jeanies Tagebuch*

Du wirst mich nicht kriegen. Ich habe gehört, wie du vor einer Viertelstunde nach oben gegangen bist, während deine Eltern unten blieben, um sich zu unterhalten. Es war unmöglich nachzuschauen, weil sich ausgerechnet Clarissa mit mir unterhielt (sie wollte mein Zimmer sehen). Ich hätte sie am liebsten gefressen, diese dicke Wurst! Und natürlich, als ich dennoch öffnete: nichts mehr. Verschlossene Türen im Flur. Ich war schnell nachsehen. Ich habe gelesen.

Ich habe ihm eine Nachricht hinterlassen:

*Ausgespielt. Du hast Dich gut amüsiert, ich mich auch, jetzt hören wir auf. Auf jeden Fall hat Andrew Soundso alle Morde gestanden, außer den an Sharon, natürlich. Aber Sharon, das war ein Unfall, und das weißt Du, auch wenn Du es leugnest, weil Du sie geliebt hast, nicht wahr?* (Das habe ich durchgestrichen, als ob es mir leid täte, es geschrieben zu haben.) *Jetzt könnten wir uns im Grunde ohne Verstellung gegenübertreten, es sei denn, Du schämst Dich dafür zu sehr.*

Endlich wieder eine gute Nacht, ohne Knarre, ohne Krämpfe, ohne Schiß, supertoll, und er glaubt, er kann mir mit Clarissa angst machen, das ist ja lächerlich.

Hat der Verrückte die Mutter von Karen umgebracht? Ich habe vergessen, den Bullen danach zu fragen.

Aber nein, das war ein Unfall, das ist alles. Eine Reihe von Zufällen. Und da er die Realität des Todes nicht erträgt, schreibt er ihn sich selbst zu, er tut, als ob er Macht über ihn hätte, als wäre er Gott, und ich, ich renne! Ins Bett, ins Bett, ich habe so viel Schlaf nachzuholen!

Ich höre unten Geräusche. Das ist vielleicht ein Dieb. Soll ich nachschauen? Nein, ich lege mich hin.

Ich gehe doch, aber ich nehme das Tonband mit. Damit mein letzter Seufzer wenigstens aufgezeichnet ist!

(Tonbandaufzeichnung)

Hallo, hallo, wie lächerlich das ist, um Mitternacht im Schnee in ein Mikrofon zu flüstern, alles ist dunkel, es ist lustig, das Haus von außen zu sehen, ich erfriere, niemand in Sicht, ich geh' schnell wieder rein, dieser kleine Spaziergang hat mich wieder aufgebaut, aufgebaut, aufgebaut, tralala, ich singe von früh bis spät, ich singe in meinem Garten, ich erstarre, brrr, brrr, der Sturm umkreist mich, brrr, brrr, der Schnee deckt mich zu, Jeanie jagt im Nachthemd Einbrecher, das sieht ihr ähnlich, der guten Jeanie!

Schnell, schnell, zurück, Scheißtür, fällt immer ins Schloß. Aber was hat sie bloß? Sie klemmt, als ob sie... Scheißkälte, Verzeihung, liebes Tonband, trotzdem Scheißkälte, wirst du wohl aufgehen, Dreckstür? Als wäre sie... der Griff läßt sich nicht drehen, sie haben abgeschlossen, diese...! Ich werde wohl klingeln müssen...

Sind sie taub, oder was? Das gibt es doch nicht! Sie haben es bestimmt absichtlich getan! Aber, Herrgott noch mal, man könnte sie eintreten, diese Tür, keiner würde sich rühren!

Ich friere... Es muß mindestens zehn Grad minus haben,

und ich mit meinem Morgenmantel, aber was soll's... was ist los! Schau an, schau an, das wird sie aufwecken, diese Schwerhörigen, ich werde sie in die Luft jagen, diese Tür, ich bitte euch, kommt aufmachen, bitte, bitte... Er hat alle umgebracht, und mich läßt er draußen verrecken: »Ein weiterer Unfall, tut mir leid, Kommissar...« Eine Idee: das Telefon, ich werde zu Karens Vater gehen...

Sein Wagen ist gar nicht da, und er muß verreist sein. Ich spüre meine Füße nicht mehr und meine Hände auch nicht, ich glaube, ich breche zusammen, sie müssen aufmachen, sie machen es absichtlich, ich werde bestimmt ohnmächtig, ich zittere derart, die Worte in meinem Mund tun mir weh, macht schon auf, in Gottes Namen!

*Tagebuch des Mörders*

Es ist kalt heute nacht. Man hat den Eindruck, daß draußen ein Tier herumstreunt, das an der Tür kratzt und wimmert. Das arme Ding, bei dieser Kälte, das arme kleine Tier! Adieu, Jeanie.

*Jeanies Tagebuch*

»Sind Sie verrückt, Jeanie, solchen Lärm zu machen?« (Das sagte der Doktor zu mir, als er die Tür öffnete.) »Wir haben nichts gehört, meine Gute, Sie wissen ja, wenn die Türen geschlossen sind...« – »Aber wer hat denn abgeschlossen?« – »Ich weiß nicht. Also, es ist spät, gute Nacht!« – »Gute Nacht.« Alter Dreckskerl! Ich hätte ihn umgelegt, wenn ich gekonnt hätte! Ich habe meine Stimme auf dem Tonband noch mal angehört, sie zittert, das ist lustig, na ja lustig, wenn man das so sagen kann.

Ich trinke einen heißen Grog. Wenn ich den Idioten in die Finger kriege, der abgeschlossen hat! Ich bin sicher, daß ich mir eine Grippe geholt habe.

Ich muß ununterbrochen niesen! Ich habe Schüttelfrost und fürchte, ich habe Fieber, ich habe eine schreckliche Nacht hinter mir, habe mich von einer Seite auf die andere gewälzt und geschwitzt wie eine Kuh! Es ist kaum hell, ich werde hinuntergehen, hier ist schlecht geheizt!

*Tagebuch des Mörders*

Ich höre Jeanie die Treppe hinuntergehen, sie hustet, das arme Ding, sie muß sich verkühlt haben, mit dieser merkwürdigen Idee, im Schnee spazierenzugehen, Frauen sind wirklich unberechenbar.

Ich höre dich husten, Süße, das macht mir Sorgen. Willst du, daß ich dich in meine Arme nehme, um dich zu trösten?

*Jeanie*

*Ich schlafe nicht mit impotenten Knaben, mein Lieber, bleib Du ruhig dabei, Dich selbst zu befummeln, das entspricht durchaus Deinem Alter.*

*Tagebuch des Mörders*

Schlampe! Du wirst schon noch sehen, was ich mit dir mache, du wirst sehen, wie fest ich dich halten werde, so fest, daß deine gespaltene Zunge dir aus dem Mund quellen wird!

Du solltest Antibiotika nehmen, es ist lästig, dich husten zu hören, und bei Tisch ist es außerdem unappetitlich.

Zu Weihnachten werde ich Clarissa umbringen. Wenn sie spielt, öffnet sie den Mund, das widert mich an, dieses schwarze, stinkende Loch, es hindert mich daran, mich auf die Lieder zu konzentrieren, sie riecht wie ein läufiges Weibchen, wie du, meine Liebe.

Weißt du was? Ich werde großzügig sein: Ich bin bereit, Clarissa gegen dich einzutauschen. Wähle. Du tust doch so gerne Gutes.

Vergiß nicht. Der Weihnachtsabend. In vier Tagen.

*Jeanies Tagebuch*

Fängt er wieder damit an! Nein, wirklich, ich hab' die Schnauze voll! Er weiß sehr gut, daß sie Andrew geschnappt haben, und auch die besten Witze haben einmal ein Ende! Ich antworte ihm nicht mehr, ich ignoriere ihn einfach. Sie haben den Tag damit verbracht, rauf- und runterzulaufen. Das werden schöne Ferien, ich werde sie einmal mehr alle am Hals haben. Auf jeden Fall, das ist entschieden, werde ich sie genau beobachten und endlich sein Gesicht sehen, jetzt riskiere ich nichts mehr. Der Weihnachtsabend: was für ein Melodram, könntest dir mal was Neues einfallen lassen, Kleiner.

Und das Buch? Ach, ich habe eine Idee, ich werde ihm eine Kleinigkeit aufnehmen... Und es unten deponieren. Ich werde nach dem Essen ostentativ (auch das ist ein schwieriges Wort) nach oben gehen. Kaum werde ich dann wieder unten sein, wird er sich darauf stürzen, und in dem Moment kann ich hinaufeilen und ihn überraschen... Wenn meine Nase nicht so laufen würde, hätte ich Lust zu singen!

*Tagebuch des Mörders*

Jeanie ist gerade nach oben gegangen, ich habe sie gesehen, sie grinste hinterlistig. Was führst du im Schild, Jeanie? Ich hoffe, es ist besser als dein Essen. Ich werde nachsehen.

Deine kleine Hausfrauenfalle. Aber ich werde dennoch einige Vorkehrungen treffen. Den alten Hasen lehrst du das Laufen nicht, Jeanie, und ich bin ein alter Hase, mit sehr viel Erfahrung...

Also, das wäre das, nicht wahr... Glaubst du, daß mir das etwas ausmacht, ich lache darüber, daß du dabei bist, es zu verbrennen, verstehst du? Ich lache darüber, ich höre die zerknüllten Blätter, ich höre, wie die Blätter verbrennen, mein Buch, mein Buch, oh, du weißt nicht, was du tust, und hör auf, diesen dummen Zauberspruch zu wiederholen, du willst mir mein Leben rauben, meine Kraft rauben, Jeanie.

Ich habe das Tonband gestoppt und spreche mit dir. Hörst du mich? Hörst du meine Stimme? Du hast gerade dein Todesurteil unterzeichnet, du Abschaum, Worte vermögen gar nichts gegen mich, ich habe den Kreidekreis um mich gezogen, ich bin geschützt, ich bin geschützt, *noli me tangere*, Jeanie, auch ich kenne Worte, die verletzen und schmerzen wie Messerstiche. Du hast dem Buch das Leben genommen, Dummkopf, und dir auch, dein Leben, das im Geräusch der Flammen, die du selbst entfacht hast, aus deinen Adern entweicht. Böse, du bist böse, jemand kommt, ich spüre es, du bist es, nicht wahr, ich höre deinen Atem …

*Jeanies Tagebuch*

Er war da! Ich hätte ihn beinahe erwischt! Er war da, über das Tonband gebeugt, er flüsterte, ich habe seine verrückte Stimme gehört, ganz schwach und böse, er dreht mir den Rücken zu … Nein, so war es nicht, sondern folgendermaßen: Ich gehe geräuschlos nach oben, ich höre ein Flüstern, das höher und tiefer wird, als ob sich zwei Stimmen überschnitten. Ich stehe hinter der Tür, ich halte den Atem an, ich öffne schlagartig die Tür, ich sehe jemanden, der mir den Rücken zudreht, jemanden, der einen Pelzmantel über die Schultern gelegt hat und in das Mikrofon spricht, ich sehe das eine Sekunde lang, den hochgeschlagenen Mantelkragen, der den gesenkten Kopf verdeckt, ich denke: Sie war es, sie war es, ich kann nichts anderes denken. Sie dreht sich um, sie trägt eine Maske, es geht so schnell, eine Faschingsmaske, die lacht.

Ich gehe auf sie zu, sie kommt auf mich zu, ich habe den Revolver in der Hand, ich habe sie in der Hand, aber, ich weiß nicht wie, sie schleudert mir den Mantel ins Gesicht, ich schlage um mich, ich schieße nicht, weil der Revolver runterfällt, gleichzeitig erhalte ich einen Schlag, einen Schlag in den Bauch, sehr stark, das Essen kommt mir hoch, ich sacke zusammen, jemand zieht den Mantel über meinen Kopf. »Ich spiele nicht mehr mit«, schreie ich, »ich mache nicht mehr mit!« Der Revolver liegt neben mir, eine Hand ergreift ihn. Ich schreie: »Nein! Nein!« »Jeanie?« (Das ist die Stimme der Alten.) »Jeanie, wo sind Sie?« Jemand stößt mich, ich falle, ich werfe den Mantel ab, kein Revolver mehr, ich renne wie eine Verrückte, ich renne die Treppe hinunter, unten erst halte ich an.

Die Alte trägt gerade Tee auf, der Doktor liest ein Magazin, Mark schaltet das Fernsehgerät an, Stark sucht eine Illustrierte, Clark schaut sich im Garderobenspiegel an, Jack sitzt am Klavier, er fängt gerade an, *Star Spangled Banner* zu spielen. Ich bekomme keine Luft mehr, ich huste. »Aber Jeanie, wissen Sie, in welchem Zustand Sie sind?« fragt mich der Doktor über den Rand seiner Zeitung hinweg, dann senkt er wieder den Kopf.

Einen Moment lang hatte ich den Eindruck, daß sie alle grinsten, daß sie alle vor sich hin grinsten, daß sie über mich lachten. Ich werde mich rächen, bei unserem Herrgott, ich werde mich rächen.

Ich habe keinen Revolver mehr. Er hat ihn mitgenommen. Was soll ich tun? Wird er mich umlegen? Nein, denn er ist nicht der Mörder, dieser Andrew ist der Mörder. Dieser Husten, ich huste ununterbrochen, ich bin müde. Ich bin nach oben gegangen, um den Mantel wegzuräumen. Neben der Tür lag die Faschingsmaske, ich habe mich über das Geländer gebeugt und gefragt: »Wem gehört diese Maske?« Sie zuckten alle mit den Schultern; ich habe sie in die Mülltonne geworfen. Ich habe das Tonbandgerät an mich genommen und seine Stimme immer und immer wieder angehört, armer Irrer!

Ich habe die Asche von dem Buch weggeworfen: Ich brauch' das alles jetzt nicht mehr. Ich werde nie wissen, wer er ist, ich gebe meine Bemühungen auf, schließlich ist das wichtigste, daß der Alptraum ein Ende hat.

# 11 Wiederholung

*Jeanies Tagebuch*

Seit zwei Tagen nichts. Völlige Ruhe. Sie sind ruhig, sie bereiten das Fest vor. Ich habe die Bücher weggeräumt, die ich gekauft hatte. Ich werde nach Weihnachten abreisen. Ich denke nicht, daß er mich verraten wird: Auch das war Bestandteil des Spiels. Es tut mir leid, die Lösung des Rätsels nicht zu erfahren. Ich bin ein wenig melancholisch. Vielleicht weil ich spüre, daß dieser Lebensabschnitt vorbei ist und ich bald wieder aufbrechen muß, zu neuen Ufern. Ich habe weder die Seele eines Seemannes noch die einer braven Hausfrau. Genug gejammert, ich werde ihnen helfen, alles herzurichten.

Ich frage mich, weshalb er nicht mehr schreibt. Sicher, weil auch für ihn das Spiel zu Ende ist. Ich habe einen blauen Fleck am Bauch, da wo er mich geboxt hat, einen großen blauen Fleck, der weh tut, diese Brutalität. Er muß trotz allem ein wenig verrückt sein...

Ich habe Lust, allmählich meinen Koffer zu packen. Das Telefon. Jemand hat abgenommen. Wie spät ist es? 11 Uhr. Das ist ziemlich spät für einen Anruf. Ich frage mich, wer das ist. Ich werde nachsehen. Bis gleich.

...

Das ist merkwürdig. Die Geliebte vom Doktor ist heute nicht nach Hause gekommen. Ihr Mann ist beunruhigt. Der Doktor auch, er ist ganz bleich, er versucht, es zu verbergen, aber man sieht es deutlich, wie seine Nase mitten im Gesicht.

Die Alte brummelt vor sich hin, die Jungs scheren sich herzlich wenig darum: Stark hat ein Videospiel gebastelt, und damit amüsieren sie sich wie verrückt. Ich frage mich, weshalb diese fette Sau abgehauen ist. Aber das ist nicht mein Bier.

Ich habe ein seltsames Gefühl von Unbehagen.

*Tagebuch des Mörders*

Sie ist nicht nach Hause gekommen, ihr Gatte macht sich Sorgen. Was hältst du davon, geliebtes kleines Tagebuch? Schlimm, schlimm. Und wenn irgendein Schwein sie rangenommen hätte. In der Nähe der Brücke beispielsweise, mit dem Lärm der Züge im Hintergrund würde niemand etwas hören, eine üble Ecke für eine Frau. Eine arme, wehrlose Frau.

Das neue Videospiel, das Stark gebastelt hat, ist lustig. Clark hat alle Runden gewonnen, Mark hatte das schlechteste Ergebnis, Jack war gut, aber nicht sehr konzentriert. Also, ich gehe jetzt ins Bett. Habe einen schweren Tag vor mir.

*Jeanies Tagebuch*

Es ist kurz vor 3 Uhr morgens. Es ist kalt. Ich huste die ganze Zeit. Meine Augen tränen. Ich kann nicht schlafen, ich kann nicht atmen. Ich habe mich in eine Decke eingewickelt und denke nach. (Ich werde das Tonbandgerät nehmen, das ist einfacher, weil meine Finger ganz eingefroren sind.)

(Tonbandaufzeichnung)

Worüber denke ich nach? Ich weiß es nicht einmal. Ich putze mir die Nase. Was für ein Lärm, als hätte ich eine Trompete mitten im Gesicht! Unten läuft jemand rum. Sicher einer von den Jungs, der Durst hat. Ich werde einen Bus nehmen, der durch das ganze Land fährt, in Richtung Sonne, und mir einen mexikanischen Hut kaufen und olé! in Saus und Braus leben!

Das Telefon. Was ist los, weshalb geht niemand ran? Ich habe keine Lust abzunehmen, keine Lust, um diese Zeit, mein Herz klopft, da, jemand geht runter, das Klingeln hört auf, wie schnell es schlägt.

Ich höre nichts, es sieht schlecht aus. »Jeanie, Jeanie, kommen Sie rasch!« Das ist die Stimme des Doktors! Was tut er mir an, er ist verrückt, es ist 3 Uhr morgens! Wo ist mein Morgenmantel? »Jeanie, ein Unglück ist geschehen, machen Sie mir einen Tee, ich muß weg!« Kann sich nicht mal selber Tee machen! Wo sind meine verfl... Pantoffeln? Ach, da sind sie ja! »Ich komme, Monsieur, ich komme!«

*Tagebuch des Mörders*

Das Telefon hat geklingelt. Es ist 3 Uhr 15 morgens. Papa hat abgenommen. Ich schlich unten herum und war gerade dabei, wieder nach oben zu gehen. Aus Jeanies Zimmer hörte man eine Art Flüstern. Papa rief nach Jeanie, sie macht sich in der Küche zu schaffen. Papa zieht sich an, er hat Mama aufgeweckt, die überhaupt nichts gehört hat (wegen ihren Schlafmitteln; man könnte eine Kanone abschießen, sie würde davon nicht aufwachen), sie gähnt, sie stellt ihm mit leiser Stimme Fragen, wir sind alle auf der Lauer, sicher eine schlimme Nachricht, wir haben wirklich kein Glück im Moment... Ich sehe ein Licht draußen, ein Blinklicht, das muß die Polizei sein, sollte Papa etwas Schlimmes getan haben? Armer Papa, wenn er im Gefängnis landet...

Ich bin an Jeanies Zimmer vorbeigegangen, die Tür war angelehnt, ich ging hinein. Auf dem Tisch vor dem Fenster lag ein Heft, das ich mitgenommen habe. Es ist sehr erhellend, dein Heft, Jeanie, armes, kleines Ding, arme Idiotin, jetzt hast du keine Geheimnisse mehr vor mir, keine Waffe und keine Geheimnisse mehr. Was dir noch bleibt? Dein dicker Arsch!

Papa geht, er steigt in das Polizeiauto, Mama und Jeanie unterhalten sich, ich höre, daß sich die anderen regen, also auf ins Getümmel.

*Jeanies Tagebuch (Tonbandaufzeichnung)*

Ich bin völlig kaputt. (Mein Tagebuch ist verschwunden, deshalb spreche ich auf Band.) Ich hatte meine Tür aufgelassen, als ich nach unten ging, er muß es gleich ausgenutzt haben, das Heft ist weg. Er hat alles gelesen, er weiß alles, was ich gedacht habe, alles, was ich verbergen wollte, er kennt alle meine Pläne. Auch das Datum meiner Abreise. Er hat alles, um mich in den Knast zu bringen. Schöner Abend, wirklich! Aber hat er denn nie genug von diesem Spiel, dieser kleine Schwachkopf? Aber kommen wir zu anderen Neuigkeiten, noch lustigeren.

Die dicke Pute ist verschwunden. Besser gesagt, man hat sie wiedergefunden. In der Nähe der Brücke, hinter den Schienen der Fabrik. Sie lag unten auf der Böschung, in tausend Stücke zerschmettert, wie Sharon. Gott sei mit ihr! Sie haben meinen Brief bei ihr gefunden. Die Polizei kam, um den Doktor abzuholen. Ihr Mann war bereits dort, es muß schlimm zugegangen sein. Vielleicht vermuten sie, daß er sie umgebracht hat. Und vielleicht stimmt das auch. Vielleicht hat sie auch Selbstmord begangen, weil sie Angst hatte oder sich schämte, was weiß ich, oder weil ihr Mann aufgrund meines Briefes alles entdeckt hatte. Angenommen, sie wurde umgebracht, dann will ich dafür jedenfalls nicht verantwortlich sein. Aber was rede ich denn?

Ich weiß, daß er gerade dabei ist, meine größten Geheimnisse zu lesen, ich fühle mich verletzt, habe den Eindruck, im freien Fall irgendwo hinunterzustürzen. Ich erinnere mich, als ich ganz klein war, warf mich Papa manchmal hoch in die Luft, das Gefühl der Leere im Magen... es regt mich auf, in ein Gerät hineinzusprechen, ich fühle mich wie eine Schwachsinnige, die Krieg der Sterne spielt. Ob der Doktor wohl zurückkommt? Ich warte ungeduldig auf das Klingeln des Telefons, es ist schon nach 4 Uhr, ich habe unten Tee getrunken, der hat mich nervös gemacht. Ich werde versuchen zu schlafen, ich bin in meinem Bett, die Tür ist verriegelt, ich werde das Tonband laufen lassen und ein wenig dösen. Das ist idiotisch, aber das Summen beruhigt mich.

...

Das Telefon... Das Telefon... Nein... Es ist die Haustür, ich komme, ich komme!

...

Was soll dieser Scherz? Es war die Maske, die ich in die Mülltonne geworfen hatte, sie lag auf dem Fußabstreifer. Ich habe sie in mein Zimmer mitgenommen, es war eine Nachricht darin (wie spät ist es eigentlich? 6 Uhr!), ich kann es nicht lesen, ich werde Licht machen.

*Also, Jeanie, Deine ganzen kleinen Geständnisse sind äußerst spannend... Wenn Du wüßtest, wie nah Du der Wahrheit bist, meine Liebe, aber leider wirst Du keine Zeit mehr haben, das auszunutzen...*

*Dein Liebhaber im Tod.*

Mich deswegen um 6 Uhr zu wecken! Der Doktor ist immer noch nicht zurück, sie haben ihn verhaftet, das steht fest, er war ihr Liebhaber, die Liebhaber werden immer verhaftet, ein Wagen, ich höre einen Wagen, er hält an, die Alte steht auf, sie geht an meinem Zimmer vorbei (ich kenne ihren Schritt, das Geräusch ihrer Hausschuhe), es klingelt. Der Doktor, der seine Schlüssel vergessen hat? Sie sind alle auf, ich werde nachsehen, und diesmal schließe ich ab. (Vom vielen Treppensteigen bin ich bald soweit, daß ich beim Großen Marathon mitlaufen kann.)

*Tagebuch des Mörders*

Sie haben Papa nicht verhaftet. Der Glückspilz. Jemand hatte der armen Schlampe einen bösen Brief geschickt, und sie ist von der Brücke gesprungen, weil Angst und Gewissensbisse sie überwältigten... und Papa hat den Brief mit Sicherheit gelesen und weiß, daß einer von uns sein gutes Weibchen befleckt hat und daß ein anderer auf dem laufenden ist, und er muß glauben, daß das Mama ist, oder die Schlampe Jeanie, die ihn verraten hat. Nicht nötig, sie rauszuwerfen, Papa, sie wird von selbst verschwinden, weit, sehr weit weg, mach dir keine Sorgen.

Die Bullen werden kommen und hier herumschnüffeln, um

den glücklichen Sohn zu finden, der das Lager des Vaters teilte. War das wirklich klug von mir, diesen Brief nicht an mich zu nehmen?

Sie glaubte, ich hätte sie verraten, verstehst du? Sie wollte Erklärungen: Wir hatten uns dort verabredet, in einer ruhigen Ecke, keine Neugierigen, keine Spaziergänger...

Wir fingen an zu reden, sie hat sich aufgeregt, und ich wollte freundlich sein, aber ich hatte nicht viel Zeit, sie faßte mich am Handgelenk, ich wollte mich befreien, sie hielt mich fest, ich habe nicht nachgedacht, ich gab ihr einen Faustschlag in den Bauch, sie brach zusammen und übergab sich, ich dachte an nichts, nur daran, daß sie jetzt zuviel wußte, sie wußte, daß ich nicht so nett bin, wie es scheint, daß ich brutal sein kann, sehr brutal, und das darf niemand wissen, verstehst du, niemand darf mein wahres Gesicht kennen.

Sie richtete sich auf und wollte schreien, sie öffnete den Mund, ich packte sie an den Knöcheln und hob sie hoch, sie klammerte sich an die Brüstung, war aber noch geschwächt, ich stieß sie... Ich drehte mich um: keine Menschenseele. Ein Transporter von der Fabrik fuhr vorbei, ich ging weg, ganz ruhig: Bei der Höhe bestand keine Gefahr, daß sie überlebt haben könnte. Hatte aber kein Vergnügen dabei: zu schnell, zu... sauber. Plötzlich hatte ich Lust auf etwas Härteres, es hatte mir Appetit gemacht.

*Ich sage Dir, Jeanie, Du glaubst nicht, daß ich es bin, was, Du glaubst, daß es dieser Schlappschwanz Andrew Dingsbums ist? Der arme Kerl, er muß die Leiche von Karen durchsucht haben, um Sachen zu stehlen, er ist ein Einfaltspinsel, und alle Welt weiß das...*

*Also, meine Liebe, Du glaubst nicht, daß ich der einzige und fähige Urheber dieser schrecklichen Mordserie bin? Dann hör gut zu, oder besser, lies sorgfältig, mit Deinen kleinen Augen, die ganz rot sind, weil Du zu wenig schläfst (hast Du meine kleine Nachricht gefunden? Du hast ziemlich schnell aufgemacht, weißt Du, fast hättest Du mich überrascht), dreckige Säuferin, lies morgen früh aufmerksam die Zeitung, es wird Frischfleisch auf der ersten Seite geben, und ich kann Dir sogar sagen, daß es eine enge, rosa Hose trug. Du bist dran. Ich höre Dich einwandfrei.*

*P. S. Ich hatte Dir gesagt, daß ich frustriert war. Schließlich mußte ich mich wieder fangen. Sei nicht eifersüchtig, es reicht für Dich auch noch … Schmatz!*

*Jeanies Tagebuch (Tonbandaufzeichnung)*

Haaatschiii! Verflucht! Verfluchter Schnupfen! Es ist 3 Uhr nachmittags, meine Nase läuft, ich bin in meinem Zimmer unter einem Federbett und spreche in dieses vermaledeite Mikrofon. Alles überstürzt sich! Ich habe Schüttelfrost, ich muß Fieber haben. Die Alte hat gesagt, ich soll mich hinlegen, ich habe jede Menge Aspirin genommen, jetzt heißt es abwarten!

Plötzlich weiß ich nicht mehr genau, wo ich bin. Vielleicht der Fieberwahn, der mich packt. Heute morgen bin ich um 8 Uhr aus dem Schlaf geschreckt, ich hatte die ganze Nacht Alpträume, kein Wunder, bei allem, was passiert ist!

Als der Doktor zurückkam, gingen wir alle nach unten, der Doktor sah schlecht aus, er erklärte uns, daß man bei der Schlampe einen Brief gefunden hat: daß sie eine Menge Liebhaber hatte und sich zweifellos umgebracht hat, um einen Skandal zu vermeiden.

Weshalb man ihn angerufen hat, ein Geheimnis, keine

Silbe darüber! Sie haben den Ehemann mitgenommen, um ihn auszufragen, der Doktor scheint außer Verdacht, aber jetzt muß er wissen, daß einer von seinen Lausejungen mit seiner Geliebten geschlafen hat... da werden die Fetzen fliegen! Dann ging der Doktor nach oben, um sich hinzulegen, und wir schließlich auch. Das, die Nachricht von dem Verrückten und dieser verdammte Weihnachtsabend, das ist einfach zuviel.

Das erinnert mich daran, daß ich heute morgen beim Aufstehen, als ich dort war, um nachzusehen, einen Zettel von dem Rotzbengel gefunden habe, den ich noch nicht lesen konnte, keine Zeit gehabt, jetzt sind alle, was weiß ich wo, und es ist mir auch egal, ich bin sowieso nur am Naseschneuzen. Jetzt werde ich den Zettel lesen. Konnte nicht mal was essen, heute mittag, mir ist zum Kotzen. Mal sehen...

Scheiße! Ich muß die Zeitung lesen, das ist unmöglich.

Ich möchte nicht, daß das alles wieder anfängt, ich möchte es nicht, bitte, lieber Gott, mach, daß das nur ein Zufall ist, ich will nicht, ich will nicht, ich hab' die Nase voll.

...

Scheißzeitung, ein Mädchen von siebzehn Jahren, siebzehn, hörst du, lieber Gott? erwürgt, weißt du, wie das ist, erwürgt zu werden? Im Knast war ein Mädchen, die ihren Mann erwürgt hatte, sie schrie: »Das Blut, das Blut, es spritzt, das Blut«, man gab ihr Beruhigungsmittel...

Dieses tote Mädchen trug eine rosa Hose, sie schreiben es in der Zeitung, sie war siebzehn und hieß Jamie, sie arbeitete in der Fabrik. »Der Triebtäter schlägt wieder zu.« Dicke Überschrift. Sie schreiben, daß Andrew vielleicht freigelassen wird, daß die Polizei denkt, daß derselbe Kerl wieder zugeschlagen hat. Denkt das, ich flehe euch an, und denkt wenigstens einmal erfolgreich nach.

Wie konnte er das wissen, bevor die Zeitung überhaupt gedruckt war? Wie? Ich weiß wie. Aber ich will es nicht wissen, ich will nicht!

Wenn die Polizei noch mal kommt, werde ich alles sagen, so wahr mir Gott helfe!

Vielleicht ist er um 6 Uhr ganz leise rausgeschlichen, um die erste Zeitung zu kaufen? Aber ja, sicher, so war es, sobald wir oben waren und uns wieder hinlegten, ist er weggegangen, hat das gesehen und die Gelegenheit genutzt, um mir angst zu machen! Aber ja! Wie dumm ich bin! Beinahe wäre ich ihm auf den Leim gegangen wie ein Anfänger! Ich muß mich schlafen legen. Ah, das tut gut... Sicherlich war es so, es gibt keine andere Möglichkeit. Und jetzt Ruhe.

*Tagebuch des Mörders*

Was für ein schöner Nachmittag! Es ist grau, ein trostloses Grau, ein undurchdringliches Grau, erstickend, ich liebe es, wenn es ganz düster ist, mit Schneegestöber. Papa machte ein komisches Gesicht heute mittag... Er schaute uns alle schief an. Wir waren überrascht und wußten nicht weshalb (außer mir natürlich), wir dachten, es sei wegen letzter Nacht, wegen der Störung und des Polizeiverhörs. Dabei fragte sich unser lieber Papa, wer von uns wohl mit seiner Stute Pferdchen gespielt hatte.

Armer Papa. Auch Mama war merkwürdig. Kühl. Sie muß etwas ahnen. Zumal die Bullen heute morgen anriefen, möchte mal wissen, was sie ihr erzählt haben. Arme Mama. Jeanie hat Schnupfen, sie schnieft unentwegt wie ein ungezogenes Kind.

Heute morgen beim Aufwachen habe ich gehört, wie du

herumgeschnüffelt hast, aber ich weiß, daß du die Zeitung noch nicht gelesen hattest, weil sie mit ungeöffnetem Streifband in der Bibliothek lag.

Gefällt sie dir, meine Überraschung? Verstehst du jetzt, wer hier der Meister ist? Jeanie, vergiß es nie: Du bist hier, um uns zu dienen und uns nützlich zu sein. Ich scherze nicht, ich erkläre dir etwas, aber ich weiß, daß du nicht darauf achten wirst, wie üblich, und daß du wie üblich deshalb auf die Nase fallen wirst. Wenn du sie bloß nie in meine Angelegenheiten hineingesteckt hättest, deine Nase!

*Jeanies Tagebuch*

Zu spät! Was du vergißt, mein Kleiner, ist, daß ich das aus Zufall getan habe, denn es ist überhaupt nicht meine Aufgabe, die Scheiße von so mickrigen Verrückten wie dir wegzuputzen, meine Aufgabe, das ist, ja was ist das denn eigentlich? Alte Leute ausplündern, genau, ich plündere Alte aus, keine Leichen, verstehst du...?

Düsterer Abend. Zuerst habe ich seinen Zettel gelesen. Dann das Essen aufgetragen, der Doktor saß mit eisiger Miene bei Tisch, die Alte war starr wie ein Eisklotz. Clarissa war ein letztes Mal zum Üben da. Die Jungs haben mit großem Appetit, ach, was sage ich, aus vollem Hals gesungen, als ob nichts gewesen wäre und der Mord an einem siebzehnjährigen Kind sie im übrigen überhaupt nichts anginge. Ich weiß nicht, was ich ihm schreiben soll... *Wir haben genug gespielt, es reicht, es ist nicht mehr lustig.* Das ist völlig idiotisch, aber was soll es, mir fällt nichts mehr ein.

*Der Mörder*

*Mitternacht. Ich habe Deine Nachricht gefunden, Jeanie, kurz bevor Mama in ihr Zimmer zurückkam, es ist eine idiotische Nachricht.*

*Weshalb sprichst Du von einem Spiel? Ist Dein Leben oder das von Sharon oder von Karen oder von dem Mädchen in Rosa oder von Clarissa vielleicht ein Spiel?*

*Weshalb ist es nicht mehr lustig? Und wenn es nicht mehr lustig ist, was tust Du noch hier? Weshalb bist Du nicht meilenweit weg und gratulierst Dir zu Deiner Tugendhaftigkeit?*

*Nein, wirklich, das ist eine idiotische Nachricht, geschrieben von einer Idiotin.*

*Versuch lieber, mich daran zu hindern, Clarissa umzubringen. Das ist lustig.*

*Und hör auf zu trinken. Alkohol tötet die Reflexe ab. Ich, ich werde nicht nur Deine Reflexe töten, Süße.*

*Magst Du es, wenn ich Dich »Süße« nenne? Na, Süße? Frag Dich ruhig, weshalb ich Dich »Süße« nenne. Du mußt passen? Weil Du meine Verlobte bist! Erinnerst Du Dich an Mary Pickford? Man nannte sie »die kleine Verlobte Amerikas«, und Du, nun, Du bist eben die kleine Verlobte des Todes, das ist noch besser, nicht wahr? Wirklich, ich schwöre Dir, alle Anstrengungen unternehme ich nur für Dich! Ich werde das unter Deiner Tür durchschieben. (Übrigens habe ich einige Stellen aus Deinem Tagebuch noch mal gelesen, es ist sehr gut, weißt Du, mein Dickerchen, Du solltest es veröffentlichen.)*

*Jeanies Tagebuch (Tonbandaufzeichnung)*

An Schlaf ist nicht zu denken. Diese Geschichte macht mir trotz allem zu schaffen. Eben hat jemand eine Tür geöffnet. Jemand geht herum. Jemand, jemand, jemand, es ist entschieden, ich mach' auf.

...

Niemand. Der Flur ist wie ausgestorben. Trotzdem bin ich sicher, Schritte gehört zu haben. Und das ist kein Gespenst. Er hat sich versteckt. Er hat sich sicher versteckt. Aber wo? Unter der Kommode? Ich hätte ihn sehen müssen. Das ist doch nicht normal.

Die einzige Erklärung ist, daß er gar nicht hier war. Daß ich ihn nicht sehen kann, weil er gar nicht existiert. Weil ich es bin. Weil ich verrückt bin und alles erfunden habe. Weil es vielleicht sogar sein kann, daß ich sie umgebracht habe.

Ich wartete, aber niemand kam. Nichts weist darauf hin, daß er wirklich hier war. Vielleicht war er auf der Toilette oder am anderen Ende des Flurs, bei den Zimmern der Eltern... Oder vielleicht ist er durch die Wand verschwunden. Körperlos. Ich werde nachsehen. Was habe ich letztendlich zu verlieren?

Das Leben?

...

Ich spreche ganz leise, weil ich nicht will, daß man mich hört. Ich habe gerade in Jacks Zimmer geschaut, es ist leer. Das Bett ist benutzt, aber der Junge ist nicht drin. Mir ist aufgefallen, daß die Türen der anderen Zimmer auch angelehnt waren, ich habe eine nach der anderen aufgestoßen, aber kein Mensch weit und breit, alle Betten sind leer, es ist unglaublich, die Türen des Doktors und seiner Frau dagegen sind geschlossen, und ich habe nicht gewagt, sie zu öffnen.

Wo sind die Kinder? Was geht nachts hier vor? Ich vermute, daß sie unten sind, ich wage nicht runterzugehen, das ist vielleicht idiotisch, aber ich habe Angst. Andererseits wäre das eine Möglichkeit zu erfahren... Ich weiß nicht, wie ich entscheiden soll... Jemand kommt, Schritte unten, das Licht geht aus, sie kommen nach oben, ich sehe ihre Schatten, schnell, das Schloß, sie sind schon da, ich höre sie scherzen, was haben sie ausgeheckt? Sie gehen an meiner Tür vorbei, ich spüre etwas an meinem Fuß, es ist ein Blatt Papier, sie haben ein Blatt unter die Tür geschoben, sie oder er, wie soll ich das wissen?

Das gefällt mir alles gar nicht. Clarissa... Das darf nicht passieren. Was haben sie bloß unten gemacht? Ich muß schlafen, bei dem Fieber, das ich habe, muß ich mich ausruhen, eine Abwehrstrategie für Clarissa finden, selbst wenn es ein Scherz wäre, Vorsichtsmaßnahmen treffen. Diese Kopfschmerzen bringen mich noch um den Verstand!

*Tagebuch des Mörders*

Ich bin sicher, daß du oben an der Treppe warst. Nicht wahr, dreckige Schnüfflerin? Ich habe gesehen, wie schnell dein Schatten in deinem Zimmer verschwand. Weshalb fürchtest du dich vor uns, mein Küchenengel? Was für eine lustige Vorstellung! In einer Gruppe bin ich nicht gefährlich, das weißt du genau. Ich glaube, du machst dich verrückt und dann handelst du unüberlegt. Heute ist der Tag vor Weihnachten, heute abend wird die Pute für das Festessen geschlachtet, und rate mal, sie heißt Clarissa, die Pute, und ich bin sicher, daß es dir wieder ganz erbärmlich gehen wird.

*Nicht so erbärmlich, wie Du denkst, mein kleiner Liebling, weil ich nämlich Deine Mama gefragt habe, ob ich jemanden einladen kann, und sie konnte nicht nein sagen, ihr seid zu nett, um einem armen Dienstmädchen wie mir das abzuschlagen, und überhaupt habe ich heute morgen, nachdem ich Deinen Wisch gelesen hatte, telefoniert, ihr wart draußen und habt im Schnee herumgetollt, und ich, ich habe telefoniert...*

*Erinnerst Du Dich an den Kommissar, den hageren Typ, sehr höflich? Ich habe ihn gefragt, ob er den Abend nicht mit uns verbringen möchte; mir war aufgefallen, daß ich ihm gefalle (ja, das kommt vor, selbst bei Dicken wie mir), und außerdem hatte er vor mir erwähnt, daß er neu hier sei und niemanden kenne.*

*Er sagte, daß er leider Dienst habe, aber nach dem Essen auf ein Gläschen vorbeikäme, um Euch beim Singen zuzuhören, das scheint sich zu lohnen. So, das ist meine Weihnachtsüberraschung für Dich, kleiner Rotzbengel, gefällt Dir das?*

Ich bin in der Küche, ich habe das auf die Rückseite der Einkaufsliste gekritzelt und werde es ihm hochbringen. Ich habe mich geschämt, diesen armen Kommissar wieder aufzuscheuchen, er muß mich für eine Nymphomanin halten. Übrigens ist er nicht übel, ein bißchen mager vielleicht, aber nicht alle Männer können hundert Kilo wiegen, hörst du, Papa. Aber wenigstens hat er keinen Bierbauch. Und außerdem ist mir das egal, wenn er nur seine Arbeit macht.

Was soll ich bloß anziehen heute abend? Eine neue Schürze? Sehr verführerisch. Und wenn ich mir ein Transparent um den Hals hängen würde: »Liebhaberstück, Karosserie reparaturbedürftig, sucht waghalsigen Fahrer«.

*Tagebuch des Mörders*

Wir sind alle gemeinsam ins Dorf gefahren wegen der Geschenke... Jeanie war allein im Haus, sicherlich hat sie überall rumgeschnüffelt. War die Schnüffelei erfolgreich, Jeanie? Für dich keine Geschenke, du gehörst ja nicht zur Familie. Wir haben uns getrennt, und jeder hat für sich seine Einkäufe gemacht, denn wenn man vorher weiß, was man bekommen wird, ist es nicht lustig. In einem Schaufenster lag eine Jeansjacke mit goldenen Knöpfen, die sich Sharon zu Weihnachten gewünscht hatte, aber Gott hat sie zu sich geholt...

Ich pfeif' auf Sharon.

Ich bin beim Waffenhändler vorbeigegangen.

Jetzt sind wir in unseren Zimmern, um die Geschenke einzupacken. Für Papa und Mama haben wir heute nacht eine schöne Überraschung vorbereitet.

Ich habe deinen Unsinn über Kommissar Soundso gelesen. Seit wann kann die Polizei verhindern, daß ein Triebtäter zuschlägt, wo und wie er will? Seit Jeanie, die Diebin, ihr Beistand leistet? Du erlaubst, daß ich lache.

Der Waffenhändler hat mir ein Jagdmesser mit einziehbarer Klinge verkauft, einer guten, scharfen Klinge. Sehr scharf. Also, meine Liebe, ich verlasse dich, denn es ist spät und ich muß noch viel organisieren. Schon 5 Uhr! Wie die Zeit vergeht. Bis heute abend!

*Jeanies Tagebuch*

5 Uhr 30. Ich war gerade auf einen Sprung unten, um zu schauen, ob er meine Nachricht gelesen hat. Er hat sie gelesen. Und ich habe seine gelesen. Wir müssen uns knapp verpaßt haben. Sehr scharfe Klinge. Es ist unglaublich, er will mich glauben machen, daß er völlig öffentlich zum Waffenhändler geht und riskiert, nach einem Mord innerhalb von zehn Minuten problemlos geschnappt zu werden? Er hält mich wirklich für eine dumme Gans. Weshalb die Lügen? Ich werde ihre Zimmer durchsuchen, die Bettlaken müssen gewechselt werden, und gestern hatte ich keine Zeit mehr.

# 12 Tiefschlag

*Der Mörder*

*Du hast die Zimmer durchsucht. Du hast alle Papiere angefaßt und alles verkehrt wieder hingelegt. Was hast Du gesucht? Ach ja, das Messer! Weißt Du, wenn Du weniger dumm wärst, hättest Du nur ein einziges Zimmer durchsucht. Wenn ich dann davon gesprochen hätte, wäre es meins gewesen, kapierst Du?*

*Du wirst einwenden, daß ich ja nicht wissen kann, ob Du die anderen Zimmer durchsucht hast.*

*Aber täusche ich mich?*

*Jeanies Tagebuch*

6 Uhr 15, ich bin gerade in mein Zimmer gekommen, um Tropfen zu nehmen, unter der Tür lag ein Zettel. Woher weiß er, daß ich alle Zimmer durchsucht habe? Blufft er? Beobachtet er mich ununterbrochen und tut nur so, als ob er mit den anderen redet? Und die Überraschung für die Alten, was soll das sein? Ein elektrischer Stuhl?

Wo sind diese Tropfen? Ach, hier. Heute abend werde ich

das Tonbandgerät bei mir behalten. Man weiß ja nie. Genug gequasselt, ich gehe wieder nach unten.

*Tagebuch des Mörders*

Alle sind aufgeregt. Der Baum strahlt in ganzer Pracht, es ist sehr hübsch. Mama hat sich zurückgezogen, um sich schön zu machen, und Papa, um sich in Schale zu werfen. Wir reden mit dem Vater von Karen, den Bearys und ihrem Baby, Clarissa und Doktor Milius essen... armer Doktor Milius, man konnte ihn nach dieser Tragödie schließlich nicht ganz allein lassen!

*Was soll ich anziehen? Kein Grund zur Freude, Jeanie, ich bin nicht so dumm, Dir meine Kleidung zu beschreiben. Ich werde schön sein, das ist sicher. Wir werden schön sein, mein Gesicht und ich. Hast Du von diesem Ding gehört, das in die Menschen hineinschlüpft und sie auffrißt? Vielleicht bin ich gerade dabei, Dich zu verschlingen, Jeanie, und Du wirst sein wie ich, bevor Du Dir dessen bewußt wirst. Würdest Du mich nicht gerne umbringen?*

*Mama hat gesagt, daß Du mit uns essen wirst, weil Weihnachten ist. Das ist nett, nicht wahr? Nach dem Essen werden wir die Weihnachtslieder singen. Dein Bulle wird auch dasein. Und zum Nachtisch die Leiche von Clarissa... Stiiille Nacht, Heiliiige Nacht, blökt, Ihr dummen Schafe, Euer Hirte kümmert sich einen Dreck um Euch, und der Stern am Himmel, dem Ihr folgt, ist nichts weiter als der Widerschein meines Messers in Euren Augen!*

Fünf Minuten Ruhe. Meine Nase ist ganz rot, wie schrecklich! Die Zeit reicht gerade, um eine Dusche zu nehmen und mich anzuziehen.

Ich werde duschen.

Schon wieder eine Nachricht... Immer das gleiche! Ich glaube, er hat Angst, weil der Kommissar kommt. Ich werde mein rotes Kleid anziehen, es ist hübsch und außerdem das einzige, das ich habe.

Und wenn er mich nur auf Clarissa hetzt, um mich leichter um die Ecke bringen zu können?

Ob man das Tonband in dieser Tasche wohl bemerkt? Nein, es geht, ich bin die eleganteste Geheimagentin im ganzen Land!

Also los, oder diese arme Pute (die echte) wird verkohlt sein. Ach ja, die Kerzen auf dem Tisch fehlen noch!

...

Merry Christmas! Ich bin auf der Toilette und flüstere! Der Abend ist wirklich gelungen: Milius und Blint machen den Mund nicht auf und scheinen die ganze Zeit den Tränen nahe, außerdem sind sie bereits betrunken. Der Doktor, taktvoll wie immer, scherzt viel und erzählt schmierige Geschichten. Die Jungs sind sehr elegant, als wäre es ihre Hochzeit. Die Alte wirkt besorgt, ihre Augenlider zucken. Bei den vielen Medikamenten, die sie nimmt... Das Paar mit dem Kind ist sehr nett, sie haben das Baby ins Zimmer der Alten gelegt, sie scherzen und trinken ganz gerne. Ich bin ein bißchen betrunken, und deshalb hatte ich das Bedürfnis, Pipi zu machen!

Einen Augenblick hatte ich den Eindruck, daß jemand mich beobachtet, ich drehte mich um, aber niemand beachtete mich. Ich habe Schluckauf. Abgesehen vom Schluckauf und der verschnupften Nase bin ich eigentlich richtig sexy!

Oh! Ich vergaß, von der Überraschung zu erzählen! Die Überraschung der Kinder!

Es ist eine bewegliche Krippe mit Jesuskind, den Heiligen Drei Königen, dem Ochsen und so, es bewegt sich und macht Musik; sie haben das ganz allein gebastelt, es muß sie Stunden gekostet haben. Das also haben sie ausgetüftelt, während ich dachte, sie beschwören den Teufel! Es klingelt, das muß der Kommissar sein, schnell, schnell, verflixt, ich habe eine Laufmasche...

*Tagebuch des Mörders*

Fröhliche Weihnachten! Fröhliche Weihnachten euch allen! Ich habe Champagner getrunken, und in meinem Kopf dreht sich alles. Habe gerade Zeit, diese kleine Nachricht zu kritzeln! Alles läuft gut. Der Bulle ist da, und Jeanie produziert sich. Clarissa macht die ganze Zeit ihren großen Mund auf. Die Leute haben ein Baby mitgebracht, es schläft oben... Papa und Mama haben sich sehr über die Krippe gefreut, das war doch eine gute Idee, nicht wahr? Es ist schwierig zu schreiben, wenn man sich an die Wand lehnt. Ich gehe und mische mich wieder unter die Leute. Nicht auffallen ist alles.

*Jeanies Tagebuch (Tonbandaufzeichnung)*

Letztlich war es ein sehr gelungener Abend. Der Kommissar, Bob, Sissy, der Doktor und die Alte spielten Karten, und Milius und Blint betranken sich weiter. Clarissa und die Jungs amüsierten sich mit den Videospielen, ich zog mich zurück, um meine Frisur in Ordnung zu bringen (von wegen, ich erkenne nicht einmal den Kamm), ich klebe mit den Lippen am Mikrofon, und los! Wir haben alle ziemlich getankt, selbst die Kinder blödeln unentwegt herum, erzählen Unsinn und rennen hin und her. Da sie heute abend identisch gekleidet und gekämmt sind, verwechselt Clarissa sie ständig, was alle zum Lachen bringt. Sie haben gut gesungen, ja wirklich, es war sehr schön. Schade, daß ich Schluckauf hatte.

Ich kann nicht glauben, daß es sich um ein und dasselbe Haus handelt, so normal, mit normalen Menschen darin, die ganz normal fröhlich sind! Schluß mit der dummen Vorstellung, bei Menschenfressern gelandet zu sein.

Nicht wahr, Papa, damit konntest du mir wirklich angst machen, mit dieser Geschichte von dem Mädchen, das bei Menschenfressern landet und es nicht merkt und von ihnen gemästet wird, um dann verspeist zu werden. Ich wollte nicht, daß sie sie am Schluß verschlingen, aber du hast gesagt: »So ist es aber, das ist die Geschichte.« Sie werden glauben, daß ich krank bin, ich muß zurück. Oh, oh, das schaukelt, hoch die Fahnen, vorwärts, Marsch!

*It's a long way to Tipperary, it's a long way to go…*

*Tagebuch des Mörders*

Mir ist übel.

Jeanie ist sturzbetrunken, ich sehe sie schwanken. Wir spielen Rätselraten, und sie glaubt, daß ich schreibe, um das Rätsel zu lösen, aber nein, Jeanie, dir schreibe ich, wie immer… Mir ist zu warm, die Übelkeit steigt in mir hoch, wir haben gut gesungen, es war schön; jetzt drückt sich Clarissa an mich und lächelt mich an, sie ist auch betrunken, amüsiert euch gut, genießt es, ich habe noch eine schöne Überraschung für euch... Jemand spricht mich an, ich muß antworten. Jetzt bloß keine Fehler machen bei der Antwort.

*Jeanies Tagebuch (Tonbandaufzeichnung)*

Also, so was, Verzeihung, Verzeihung Mylord, wo ist der Deckel von diesem Lokus? Hör gut zu, Tonband, hör gut zu, hier ist Jeanie mit dem Bericht, alles läuft bestens, Schiffsjunge, der Kommissar macht mir schöne Augen. Ich habe einen Kopf, einen schrecklichen Kopf, ohhh, meine Zunge ist schwer, Madame! Ende des Berichts, ich kehre in den Salon zurück, sie servieren gerade eine weitere Runde Likör, verlaßt euch auf mich, meine Freunde, ich komme!

*Tagebuch des Mörders*

Sie gehen alle, es ist spät, wir sind müde. Wir haben beschlossen, Clarissa zu begleiten. Du hast wirklich Glück, Clarissa. Ich höre die Leute, die ihr Baby holen, alle rühren sich. Wie spät ist es? Es muß sehr spät sein, die Leute machen Lärm, zuviel Lärm, weshalb soviel Lärm um ein schmutziges Baby...?

*Jeanies Tagebuch (Tonbandaufzeichnung)*

Es herrscht Aufbruchstimmung, sie stehen auf, jemand muß nach oben gehen, das Ba…, das Baby holen. Es ist schrecklich, ich sehe nichts mehr, es ist vom Alkohol, alles ist dunkel, niemand kümmert sich um mich, aber irgendwer beobachtet mich, ich spüre es, jemand will mir an den Kragen. Clarissa, Clarissa, komm her zu mir, man läßt mich ganz allein, ich glaube, ich bin im Flur, es riecht nach Mänteln, ich bin in die Mäntel gestolpert, muß in die andere Richtung zurück…

Was machen sie denn, weshalb dieser Aufruhr? Es ist, als ob eine Herde Elefanten vorbeitrampelte, sie schreien, ja, das ist es: Sie schreien, sie sind verrückt!

Hey, es ist sehr spät, man sollte nicht mehr soviel Lärm machen! Hört ihr? Seid still! Sie hören nicht auf mich, ich verstehe überhaupt nichts mehr, erst haben wir uns so gut amüsiert, und jetzt… ich muß unbedingt nüchtern werden, ich muß mich, ich muß es schaffen, ich muß etwas sehen, ich will sehen, ich bin im Dunkel, man kann mich angreifen, mir alles Erdenkliche antun, nein, nicht berühren, rührt mich nicht an, ich erzähle alles, alles ist aufgezeichnet, Polizei, Polizei!

Sie sprechen vom Baby, sprechen sie vom Baby? Das Baby ist krank, ich auch, ich bin auch krank, das Baby, oh, das sagen sie, aber es stimmt nicht, es war kein Unfall, hier gibt es keine Unfälle, niemals… Das Baby ist runtergefallen, ein Schädelbruch, sein Schädel ist zertrümmert, oh, Elend! Sie laufen alle durcheinander, jemand rempelt mich an. »Hallo? Hallo!« Jemand schreit »Hallo?«, das ist der Doktor, eine Frau weint, das ist normal, schließlich hat man ihr ihr Baby zertrümmert. Weshalb weint es nicht, dieses Baby? Wenn es Schmerzen hat, muß es doch weinen, selbst ich muß weinen, und ich bin kein Baby.

Ich bin kein Baby! Helft mir, aus dieser Dunkelheit zu entkommen, wo ist der Ausgang? Wo ist der Ausgang? Eine Frau brüllt, ich habe Angst zu fallen, wenn ich diese Mauer loslasse, falle ich, eine Sirene, ich höre eine Sirene, meine Augen tun weh, das ist vom Licht, Licht auf den Kacheln, ich bin im Badezimmer! Gut gefolgert, Jeanie, meine Güte, wo ist bloß dieser verfl... Kaltwasserhahn?

Jetzt geht es besser, ich sehe einigermaßen normal, zwar drei Bilder statt einem, aber immerhin sehe ich was. Ich habe Angst davor, diese Tür aufzumachen, Angst vor diesen Schreien. In meinem Kopf bin ich nicht mehr betrunken, nur der Körper schwankt noch, wo ist der Kommissar? Was habe ich ihm erzählt? Diese Sirene, das muß der Krankenwagen sein, der Krankenwagen für das Baby, ich muß diese Tür aufmachen, ich muß ihn anzeigen.

*Tagebuch des Mörders*

Was für ein glücklicher Zufall! Der Krankenwagen ist mit dem Baby weggefahren. Der Kommissar hat uns eine Zeugenaussage unterschreiben lassen: Sie haben Jeanie (aber ja, meine Gute, dich!) ohnmächtig hinter der Toilettentür gefunden, sie stank nach Alkohol. Mama sagte zum Kommissar: »Mein Gott, hoffentlich wollte sie nicht das Baby in die Arme nehmen und hat es dabei fallen gelassen...«

Der Kommissar hat sie angesehen und geschwiegen. Der Vater der kleinen Filzlaus hob den Kopf, er hatte rote Augen und Bartstoppeln, es war wie in einem Film. Sie sind alle ins Krankenhaus gefahren, das Baby hat zweifellos einen Schädelbruch, es muß sich ziemlich heftig am Bettpfosten gestoßen haben, auf Kinder muß man eben immer gut aufpassen. Sie werden sicherlich eine Untersuchung über dich in die Wege leiten, Jeanie, es war nicht sehr klug von dir, dieses Baby umzubringen, als so viele Leute im Haus waren. Vor allem, wenn sie gewisse Seiten aus deinem Tagebuch in die Finger kriegen... Du weißt schon, die, wo du dich selbst in Frage stellst, über deine doppelte Identität sprichst... Ich hatte dich gewarnt.

Ich werde dir trotzdem eine Chance geben. Ich gebe dir bis morgen abend Zeit, mich zu entlarven. Aber das ist wirklich die letzte Frist!

*Jeanies Tagebuch*

Heute morgen kam ein Anruf vom Polizeikommissariat, ich bin um 2 Uhr vorgeladen. Die Alte kam, um mich wach zu rütteln, weil ich noch schlief. Es dauerte einen Moment, bis ich verstand: Offenbar haben sie mich im Badezimmer gefunden, ich rief um Hilfe und stemmte mich gegen die Tür, obwohl man eigentlich ziehen muß. Das Baby ist heute morgen gestorben, der Doktor hat es uns beim Mittagessen mit düsterem Gesicht gesagt, er sah mich dabei schräg an.

Ich erinnere mich kaum an diese Nacht, nur Bruchstücke mit schwarzen Löchern. Ich habe das Tonband noch mal abgehört, und einiges fiel mir schlagartig wieder ein, ich... ich finde diese Aufnahme unheimlich. Ich habe das Gefühl, daß mir jemand mit dem Hammer auf den Kopf schlägt, deshalb schreibe ich so schnell wie möglich und lege mich dann hin.

...

Die Polizei hat mir hunderttausend Fragen gestellt. Der Kommissar war anwesend, sehr verlegen, ich hab' kein Wort zu ihm gesagt. Offensichtlich haben sie bisher nichts gefunden, sie denken, daß es ein Unfall war und daß die Säuferin, die ich nun mal bin, vielleicht dafür verantwortlich ist, aber das ist auch alles. Ich habe ihnen geschworen, daß ich nicht oben war und auch niemanden gesehen habe, der hinaufgegangen ist. Aber ich bin sicher, daß sie mir nicht geglaubt haben. Sie haben mir unaufhörlich gesagt, daß ich mich bemühen solle, mich zu erinnern, daß ich mich hinterher besser fühlen würde. Ich bin aber dumm geblieben. Ich erinnere mich absolut nicht daran, die Treppe hinaufgeklettert zu sein. Weshalb hätte ich das tun sollen? Mein Gott! Und wenn ich...? Ich war so betrunken... Nein, das ist unmöglich! Ich verstehe nicht, weshalb sie so sicher sind, daß ich es war.

Ich habe den dicken Polizisten gefragt, ob er es normal fände, daß im Umkreis einer Familie eine Leiche auf die andere folgt. »Das ist es ja gerade...« sagte er und sah mich dabei an. Und fügte dem nichts hinzu. Vielleicht sind sie ja weniger dumm, als sie aussehen...

Ich kann die Stadt nicht verlassen.

### *Der Mörder*

*Jeanie-Faules-Ei-beendet-ihr-Leben-am-Donnerstag-um-Mitternacht... Hallo, Süße, wie geht's? Keine Koseworte heute nachmittag? Zu beschäftigt damit, mit dem Kommissar zu turteln? Leider, leider, mein Engel, anscheinend hat jemand beobachtet, wie Du nach oben zum Baby gegangen bist. Ein schöner anonymer Brief an Deine lieben Freunde von der Polizei. Eine Erklärung darüber, daß ich gesehen habe, wie Du in die erste Etage hinaufgestiegen und nach gut zehn Minu-*

*ten mit einem sehr merkwürdigen Gesichtsausdruck wieder nach unten gekommen bist, daß ich aber meine Identität nicht preisgeben möchte aus Angst, daß Du mich in Deinem mörderischen Wahnsinn ebenfalls angreifen könntest. Ich hätte beinahe selbst geweint, so gut habe ich gelogen! Und alles auf der Schreibmaschine der städtischen Bibliothek getippt.*

*Vielleicht kommt der Kommissar ja eines Tages sogar herauf bis zu mir; Du aber, Du dicker, schmutziger Lumpenberg, Du wirst dann so weit unter der Erde sein, daß Du niemals etwas davon erfahren wirst, Du wirst nie meinen Namen hören. Hast Du schon erraten, wie ich Dich umbringen werde?*

Es ist 8 Uhr, wir werden gleich essen, ja, ich höre Jeanie rufen: »Zu Tisch, es wird kalt.« Sie wird auch kalt werden! Ich finde mich wahnsinnig witzig. Gefalle ich dir so, Süße? Da du mir sowieso hinterherläufst, kannst du das ja ruhig zugeben...

*Jeanies Tagebuch*

Bedürfnis nach Ruhe, absolutes Bedürfnis nach Ruhe, nach absoluter Ruhe würde der andere sagen, der andere, ich... unter der Tür liegt ein Zettel. Vor drei Minuten war der noch nicht da, da bin ich sicher, ich werde nachsehen.

Ich habe Kopfschmerzen, ich will nicht mehr spielen, ich möchte nach Hause, irgendwohin, an einen anderen Ort, ich will, daß das aufhört, daß das Baby lebendig wird.

Ist es möglich, dieses ganze Unglück, dieses ganze Elend hier, ist es möglich, daß ich dieses ganze Elend um mich habe, diesen Horror, diese ekelhaften Dinge, soll das eine Strafe sein, habe ich die verdient?

Es kann nicht sein, daß ich so was verdient habe. Nicht wegen einiger Schmuckstücke und einer Handvoll Geld, nimm das von mir, bitte...

Der Zeitpunkt meines Todes rückt näher und ich kann nichts dagegen tun. Ich habe nicht einmal das Meer gesehen. Ich... Jeanie, du drehst durch, aus, was soll denn der Zirkus? Du wirst nicht sterben, Jeanie, also sei ein bißchen ernster, du willst nicht sterben und du wirst nicht sterben. Du wirst leben, meine Gute, und du wirst ihnen ihre Knete abnehmen und den Direktflug auf die Bahamas nehmen!

Ich muß nach unten zum Essen.

*Tagebuch des Mörders*

Jeanie war heute abend mürrisch. Kleines, trauriges Gesicht. Trotzdem war das Essen sehr gemütlich.

Wir haben neue, blauweiß gestreifte Schlafanzüge, die Farben des Himmels; mit meinen blutroten Händen (dieses ganze wertvolle Blut, das durch mich vergossen wurde) leuchte ich wie eine Fahne! Gott segne unser Vaterland und den Tod, den ich auf seiner fruchtbaren Erde verbreite!

*Ich mag meinen neuen Schlafanzug.*

*Alles muß gut vorbereitet sein. Ich darf es nicht verderben. Verstehst Du, Jeanie, jetzt gilt es: Du oder ich...*

*Es war wirklich eine dumme Idee, diesen Revolver zu kaufen. Würdest Du in dem Moment, in dem Du diese Zeilen liest, Deine Tür öffnen, würdest Du eine schöne Überraschung erleben...*

Lügner! Er war da und hat eine Nachricht unter meine Tür geschoben, ich drehte den Kopf, ich war gerade dabei, mein Nachthemd anzuziehen, ich sah den Zettel und hob ihn auf... Am Ende schreibt er, daß ich die Tür aufmachen solle, ich zögerte, ich zögerte und machte sie auf, ich öffnete die Tür ganz weit und sah nur Dunkelheit, nur Nacht, aber... aber vielleicht war er da, verborgen in der Dunkelheit, und beobachtete mich. Ich schlug die Tür mit vollem Schwung zu und drehte den Schlüssel rum.

Ich bin schweißgebadet, ich fühle mich schlecht, mir ist schwindlig, das kommt vielleicht von dem Glas Gin, das ich mir unten genehmigt habe, aber ich hatte es nötig, ich kann nicht mehr, ich mußte es einfach trinken.

Das Telefon hat geklingelt, während sie bei Tisch waren. Es waren die Bullen, ich muß morgen noch mal hin.

# 13 Auf die Plätze

*Jeanies Tagebuch*

Ist das meine letzte Nacht auf dieser Welt? Die letzte Nacht, die ich lebend verbringe? Ich habe oft an die gedacht, die so warten müssen, ohne etwas tun zu können, weil sie zum Tode verurteilt sind; auch wenn sie nichts dringlicher wünschen, als alles anzuhalten, ist es unmöglich, es ist aus. Ich glaube, es gibt ein Wort, um das auszudrücken, daß man nicht umkehren kann, nicht entfliehen kann, daß man die Dinge nicht ändern kann, daß man wirklich Gefangener ist, Gefangener der Umstände, der Orte, seines Körpers, seiner selbst.

Selbst wenn ich das alles idiotisch fände und abhauen wollte, es wäre zu spät, es ist festgelegt, was geschehen muß, wird geschehen. Es ist wie in diesen Filmen, wo man den Zug auf der einen Seite sieht, das kaputte Auto auf der anderen Seite der Schienen, und dann stoßen sie zusammen, so ist es eben, so ist es heute eben, man sieht das Unglück von weitem und kann nichts dagegen tun.

Ob er mich mit der Knarre umlegen will? Das wäre dumm, man würde nicht an einen Unfall glauben... Außer? Natürlich... das Dreckschwein, du Dreckschwein, aber weshalb sollte ich mich umbringen? Weshalb man sich umbringt? Ich weiß sehr gut, weshalb: Man bringt sich um, weil man aus Versehen ein Baby getötet hat, weil man betrunken war, das ist es, nicht wahr? Die Gewissensbisse? »Sie hat sich verrückt gemacht mit ihren Schuldgefühlen, sie hat sich umgebracht...«

Also bin ich nirgendwo in Sicherheit, und vor allem nicht in meinem Zimmer. Andererseits kann er das Schloß nicht aufbrechen. Das wäre ziemlich verdächtig, ein Selbstmörder, der seine eigene Zimmertür einschlägt.

*Der Mörder*

*Jeanie schreibt mir nicht mehr, Jeanie spricht nicht mehr mit mir, Jeanie ist trotzig... Bist Du trotzig, Trotzkopf? Alle Deine Sünden werden bestraft, endlich bestraft, Deine Beleidigungen, Deine Gotteslästerungen, Deine verächtlichen Blicke. Unsere Familie wird rein sein, gesäubert, und niemand wird mehr dasein, der mich an den Galgen bringen könnte.*

*Du wirst gehängt werden. Mich schaudert, ich glaube, ich habe mich erkältet. Du siehst schlecht aus im Moment, Jeanie, mit Deinen dunklen Augenringen, wie eine gefallene Frau, die zuviel gefeiert hat, hast Du gefeiert, Jeanie? Hast Du das Baby umgebracht?*

*Was hast Du denn gedacht? Daß ich schön brav warte, bis Du alle Deine kleinen Tricks durchgespielt hast? Ich bin der Meister, ich führe in diesem Spiel.*

*Schläfst Du? Ich werde nachsehen, ob Du schläfst.*

*Schreibst Du? Flüsterst Du in das Mikrofon? Bist Du betrunken?*

Ich höre, wie sich eine Tür öffnet. Kein Licht im Flur. Es kommt näher, es atmet. Es hat geklopft. »Wer ist da? Sind Sie es, Doktor?« Keine Antwort. Dennoch, ich bin sicher, daß jemand geklopft hat. Ganz schnell aufmachen, nachsehen. Ein Zettel, schon wieder! Er ereifert sich, er setzt mir zu, du vermißt mich wohl, wie? »Schläfst Du, bist Du betrunken?« Deckskerl, verrückter, das würde dir so passen, daß ich betrunken bin!

Habe ganz vergessen, den Schlüssel rumzudrehen. So, erledigt, selbst wenn er rufen sollte, werde ich keine Antwort geben, wo ist bloß der verflixte Stift? Ein Glas Gin, wo ist denn die Flasche? Einen Schluck, nur einen Schluck, das tut gut, es brennt, aber es tut gut.

Ich habe eine Idee. Gegenangriff.

*Kleiner Rotzbengel, ich werde Dich umbringen, ich werde Dich morgen abend noch vor Mitternacht umbringen, und alle werden froh sein, wenn Du stirbst.*

Zweite Idee: Ich lasse diese Nachricht im Flur liegen, er kommt heraus, er nimmt sie, ich sehe hin, ich schlage ihm die Flasche über den Schädel ... ja, ja, genau, ich verstecke mich in der Toilette, ich lasse die Tür einen Spalt weit auf, er ist sich seiner Sache so sicher, daß ich ihn bestimmt kriege! Schnell, zur Tat ...

*Hallo, Jeanie, auf Deine Gesundheit!*

Das habe nicht ich geschrieben. Es steht auf diesem Zettel, der auf meinem Bett liegt.

Er war hier drin. Er war hier drin, er hat mein Bett berührt, meine Sachen, er hat Gin auf mein Kleid geschüttet, absichtlich, und so schnell! Ist er ein Geist, ist er nicht menschlich?

Folgendes ist passiert. Ich trat in die Dunkelheit. Ich wollte kein Licht machen für den Fall, daß er mich mit der Knarre belauert. Ich legte die Botschaft auf die Kommode. (Ich wußte, daß er erst aufkreuzen würde, nachdem er die Tür und den Schlüssel im Türschloß gehört haben würde.) Ich ging zur Toilette, zog die Tür zu, drehte den Schlüssel, nichts.

Dann öffnet sich eine Tür einen Spaltbreit, ich höre es, ich fange an, langsam den Schlüssel im Schloß umzudrehen, eine andere Tür, Schritte, jemand dreht am Türgriff: »Ist da jemand drin?« (Es ist die Stimme des Doktors) »Ja, ich bin es, Jeanie«, er bleibt wie angewurzelt stehen, ich höre, wie er schnaubt und sich aufregt, ich ziehe die Spülung, ich gehe raus, das Licht ist an, und nur der Doktor steht da. Ich sage zu ihm: »Guten Abend, Doktor.« – »Guten Abend, Jeanie«, sagt er mit ernster Miene in gestreifter Unterhose. Offensichtlich sind alle anderen Türen gut verschlossen, die Botschaft liegt nicht mehr auf der Kommode. Die Tür von meinem Zimmer war auf, und er war hier drin, er hat mit seinen schmutzigen Händen alles angefingert. Weshalb hat er mein Kleid ruiniert?

Was soll ich denn in diesem Fall morgen anziehen, wenn ich zur Polizei gehe? Einen neuen Scheuerlappen?

Ich bin überhaupt nicht mehr müde, dafür ist mir wieder übel: Der Gin kommt wieder hoch. Ich sehe nicht sehr klar, ich bin so müde, aber alles dreht sich in meinem Kopf, es dreht sich ununterbrochen, wie diese Räder für die Hamster, die immer laufen müssen, laufen, um sich nicht selbst zu beißen, um nicht verrückt zu werden.

*Der Mörder*

*Es macht mir weniger Spaß als früher. Wenn ich sie umbringe, ist es nicht mehr so wie damals, als ich jünger war. Ich habe nicht mehr dieses... dieses Gefühl, ich bin nur noch wütend, sehr wütend, ich muß sie umbringen, ich muß sie loswerden, sonst habe ich den Eindruck, zu ersticken, ich bekomme keine Luft mehr; es ist, als ob mein Kragen zu eng wäre, verstehst Du?*

*Bei Dir allerdings werde ich es genießen, Dich sterben zu sehen, auf Dich habe ich zu lange gewartet. Du hast gehofft, daß ich an Dir hänge, daß ich Dich liebe, Dich verschone. Du wolltest mich verführen, mich beherrschen, mir Dein Gesetz aufzwingen, aber ich bin kein Kind, ich werde Dir nicht gehorchen, niemals!*

*Wie dumm Du Dich gefühlt haben mußt, als Papa aus seinem Zimmer kam, um zur Toilette zu gehen! Dein Zimmer riecht wie ein Kuhstall, Du stinkst, Deine Kleidung stinkt, Dein Kleid stinkt nach Gin. Ich habe das Tonband mitgenommen, um anzuhören, was Dir alles eingefallen ist. Ich werde es Dir zurückgeben, damit Du Deine letzten Gefühlsausbrüche aufzeichnen kannst, bevor Du verreckst, wie ein verlassener Hund. Meine arme, kleine Jeanie, Du hättest wohl gerne, daß ich es Dir mache, was? Vielleicht, wenn Du ganz brav bist, vielleicht besorg' ich es Dir, wenn Du stirbst.*

*Jeanies Tagebuch*

Gerade habe ich gemerkt, daß er das Tonbandgerät mitgenommen hat.

Es muß sehr spät sein... 2 Uhr schon, ich muß um 7 Uhr

aufstehen, ich sollte mich schlafen legen, sollte vernünftig sein, aber was bringt es zu schlafen, wenn ich morgen abend sowieso sterbe?

Ich höre Geräusche im Flur, es ist gespenstisch, hört nicht auf, ich will es nicht hören, es ist ein Murmeln, jemand murmelt vor sich hin, scheint krank zu sein, es ist merkwürdig, bin ich die einzige, die das hört? Als ob jemand betrunken wäre... Ich kenne diese Stimme, diese Art zu sprechen, ist er krank und liegt im Flur? Ich muß nachsehen, vielleicht liegt jemand im Sterben, vielleicht hat er alle umgebracht?

Ist es seine Mutter? Es ist eine Frauenstimme, die stöhnt, die jammert, aber weshalb rührt sich denn niemand? Es ist genau hier, hinter meiner Tür, der Gesang der Sirenen, Papa hat mir immer die Geschichte vom Gesang der Sirenen erzählt. Ich will es nicht hören, ich... Aber das ist ja meine Stimme! Das bin ich, die da hinter der Tür spricht, ich beklage mich, die anderen dürfen es nicht hören.

...

So, ich habe es wieder, es war das Tonbandgerät, er muß es angehört haben, er hat eine Nachricht...

Du hast es wohl genossen, mich stöhnen zu hören, hast dich gebogen vor Lachen, dort, in deinem Zimmer, in einem dieser Zimmer, es würde genügen, alle Türen ganz weit aufzustoßen, um dich zu sehen, in deinem gestreiften Schlafanzug, sitzend, gerade dabei zu schreiben, ich würde dein feiges, bleiches Gesicht sehen, mit deinem wahren Lächeln, deinem wahren Blick, dort, in einem dieser Zimmer, deine irren Augen würden mich anblicken, das hat dich amüsiert, mich weinen zu hören, mich betrunken zu hören. Es ist, als ob er mir Gewalt angetan hätte, wie damals, als er mir das Tagebuch weggenommen hat, ich habe Lust, ihn umzubringen, ich habe so große Lust, ihn umzubringen.

Ich bin sehr froh, daß ich das Tonbandgerät wiederhabe. Es tut mir gut, mit lauter Stimme zu sprechen, meine Stimme zu hören, mich denken zu hören, dann bin ich nicht nur in meinem Kopf eingeschlossen und stelle mir alles vielleicht nur vor.

# 14 Matchball

*Jeanies Tagebuch*

Es schneit. Tonnenweise Schnee. Der Himmel ist grau, verhangen, düster. Schwarz. Nur zwei Worte, bevor ich nach unten gehe. Es ist kalt. Ich friere, habe Kopfschmerzen, bin nervös. Habe schlecht geschlafen, bin aufgewacht und hatte Krämpfe, wie lange schlafe ich schon nicht mehr gut? Ich höre die Schritte der Alten. Ich gehe.

*Tagebuch des Mörders*

Es schneit. Dicke, dichte Flocken. Es ist noch dunkel, fast Morgen, es ist kalt. Ich höre Jeanie, die sich regt, auch Mama, sie gehen nach unten, in die Küche. Ich werde Jeanie eine Nachricht hinlegen:

*Guten Tag, Jeanie. Hast Du gesehen, wie es schneit? Was für ein schöner Tag zum Sterben! Als würde der Himmel Dir ein Leichentuch weben.*

*Du siehst, ich mache Fortschritte im Bereich der Poesie. Liebst Du mich? Denk an mich, wenn Du auf dem Kommis-*

*sariat sein wirst, und bete, daß sie Dich gleich dortbehalten und Dich einsperren.*

*Bis später.*

*Jeanies Tagebuch*

8 Uhr 45: Ich mache mich fertig, um aufs Kommissariat zu gehen.

Die Kinder sind gegen 8 Uhr runtergekommen. Als ich vor zehn Minuten wieder nach oben kam, fand ich einen Zettel unter meiner Tür. Er hat ihn folglich in aller Ruhe dorthin gelegt, bevor er zum Frühstück kam. (Sie haben Pfannkuchen mit Marmelade verschlungen, die sie überall hinschmierten, sie essen wie Tiere, als ob sie verhungern müßten, wie ausgehungerte Menschenfresser, mit dieser roten Marmelade um die Mäuler, es war widerlich. Vor allem Clark, als ob er seit Tagen nichts gegessen hätte, er hat sechs Stück verdrückt, bevor er aufs Klo ging, und hinterher noch mal sechs! Vielleicht haben Irre einen ungewöhnlich großen Appetit?)

Ich weiß nicht warum, aber ich spürte irgend etwas Feindseliges, ich hatte das Bedürfnis, fluchtartig davonzulaufen, das Geschirr fallen zu lassen und mein Leben zu retten.

Zweifellos dachte er an mich, zweifellos fühle ich das, spüre seinen Haß, sein Verlangen, Schmerz zuzufügen, mir Schmerz zuzufügen, ich spüre, daß er umherstreicht und beobachtet und an diese Dinge denkt. Mach, daß sie mich einsperren, mach, daß ich den Rest meines Lebens im Knast verbringe, aber bring mich von hier fort! Die Kinder rufen mich, sie gehen los,der Doktor hat den Wagen angelassen, ich muß gehen. Ich habe seinen Zettel zerrissen und in den Flur geworfen, letztlich pfeif' ich drauf. Also gut, ich komme, ich komme!

*Tagebuch des Mörders*

Wir haben Jeanie ins Dorf mitgenommen, zu den Bullen. Ich habe sie beobachtet, während Papa fuhr (langsam, denn es war glatt), sie war ganz bleich: Ich glaube, sie hat sich seit dem Tod des Babys nicht mehr erholt.

Sie ist wie alle guten Frauen, sie macht viel Wirbel um Kinder. Ich kann ruhig die halbe Stadt umbringen, aber nicht ein süßes, unschuldiges Baby mit großen, blinden Augen und einem sabbernden, abstoßenden Mund.

Die Menschen verstehen wirklich überhaupt nichts: Ich bin sicher, daß ich für das Baby härter bestraft werde, wenn sie mich kriegen, als für den Rest, obwohl das der einzige Mord war, der mich gelangweilt hat, den ich nur aus Prinzip begangen habe!

Papa ist mürrisch. Er hat während der ganzen Fahrt nicht einmal den Mund aufgemacht. Wir dagegen haben über dieses und jenes geplaudert: über das Wetter, das Fußballspielen, das Semester, das bald wieder losgeht, Jack hat eine Geschichte von seinem Klavierlehrer erzählt, eine schmutzige Geschichte, Jeanie hat ihn aufmerksam beobachtet, die Arme, sie versucht, etwas zu verstehen.

Mark wirkte besorgt, er blätterte in seinen Akten. Clark hat uns Fotos von seiner Mannschaft gezeigt, auf denen er gerade einen Trottel mit Ball spielt, wir haben herzlich gelacht. Stark hat sich entschlossen, einen neuen Computer zu kaufen, wir haben über Preise und dergleichen debattiert, nur Papa und Jeanie haben gar nichts gesagt. Vielleicht ist Papa traurig darüber, daß seine Schlampe tot ist?

Jetzt ist Mittagszeit. Ich bin in einem Selbstbedienungsrestaurant und esse Rührei. Ich gehe gern in die Stadt. Die Bedienung ist ziemlich ordinär, mit einem viel zu kurzen Rock, schmutzigen Knien, sie lächelt mich an, sie hat einen roten und fettigen Mund, die Mädchen laufen mir immer hinterher, das ist lästig. Ich beachte sie gar nicht, ich schreibe, ich mache ein ärgerliches Gesicht.

Durch das Fenster sehe ich das Kommissariat. Wir müssen Jeanie gegen 13 Uhr abholen, wenn sie fertig ist. Wenn nicht, fährt Papa uns nach Hause. Papa ist vor einer halben Stunde ins Kommissariat gegangen, um zu schauen, wie es sich entwickelt. Diese F... von Bedienung geht mir auf die Nerven. Ich bin im Moment ziemlich grob, Mama mag das gar nicht. Ich muß mich beherrschen, richtige Schübe von Grobheit und Bösartigkeit überfallen mich, wie Zähne, die mich zwicken und mich dazu bringen, nach allen Seiten zu beißen.

Die Bedienung hat mir gerade das Geld zurückgegeben, sie hat mein Bein gestreift, ich habe mich rasch abgewendet, ich mag es nicht, wenn man mich berührt. Sie hört nicht auf, mir zuzuzwinkern, sie glaubt vielleicht, daß ich sie anspreche, weil sie diesen enganliegenden Pullover trägt. Arme Idiotin, ich bin nicht wie die anderen! Sie sieht nicht, daß ich nicht wie die anderen bin, sie will, daß ich ihr zeige, wozu ich fähig bin, das ist es, was sie will. Nein, nicht im Moment, jetzt wäre es zu gefährlich, ich muß abwarten, nur ein wenig abwarten, wenn Jeanie erst tot ist, wird alles einfacher sein. Vor allem, weil sie diesen Andrew haben. Wenn sie ihn erst hingerichtet haben, wird es besser sein, ruhiger.

Jeanie und Papa kommen gerade aus dem Kommissariat, sie gehen zum Wagen, ich werde mich zu ihnen gesellen.

Schau an, das hat er also in meine Manteltasche gemogelt, heißt das, daß er neben mir saß? Ich saß zwischen Mark und Jack, anschließend lief ich zwischen Stark und Clark, und sie hätten es genausogut tun können, zumal der Mantel ja große Taschen hat.

Abgesehen davon werde ich wegen fahrlässiger Tötung angeklagt.

Ich habe meine falschen Papiere abgegeben. Aber ich denke, daß sie mir schnell auf die Schliche kommen werden. Ich muß hier weg. Dem Kommissar tat es leid, er meinte, er habe sich für mich eingesetzt, aber sein Vorgesetzter sei überzeugt davon, daß ich es war. Weil sie vermuten, daß es ein Unfall war, haben sie mich gehen lassen, sie werden alle noch mal verhören, man wisse ja nie... schließlich waren alle betrunken. Er hat mir einen Anwalt empfohlen, einen Kerl aus der Stadt. Als ob so ein Schwätzer mich da rausholen könnte! Also war er in dem Selbstbedienungsrestaurant. Das ist auf der rechten Seite des Platzes. Jack kam von links, drei Minuten später Clark, aus der gleichen Richtung, es war genau 13 Uhr. Dann, von der anderen Seite des Platzes, kam Stark mit seinem Walkman auf dem Kopf. Aus der Ecke hinter uns kam Mark gerannt, mit seiner Mappe in der Hand. Keiner von ihnen kam aus der Richtung des Selbstbedienungsladens, er muß einen Umweg gemacht haben, bevor er zu uns kam.

Jack sprach im Auto von seinem Kurs, der um 12 Uhr 30 zu Ende war; also kann er um 12 Uhr nicht in dem Restaurant gewesen sein.

Stark hat Einkäufe gemacht. Dann war er auf der Eisbahn, er hat um 11 Uhr 30 eine Eintrittskarte gelöst. Ich erinnere mich daran, weil er erwähnte, daß er eine Karte für zwei Stunden lösen mußte und noch Zeit gehabt hätte, daß es wirklich dumm sei, daß man keine Eintrittskarten mit kürzerer Geltungsdauer lösen könne. Die Uhrzeit seines Ausgangsstempels habe ich allerdings nicht gesehen.

Mark ist bis zur letzten Minute bei seinem Klienten geblieben. Keine Kontrolle möglich. Der Doktor war auf dem Kommissariat, das befreit ihn von jedem Verdacht. Dieses Schwein von Clark seinerseits hat behauptet, daß das Training wegen des Spiels am Sonntag länger gedauert habe, aber auch in dem Fall habe ich lediglich sein Wort.

Abgesehen davon muß es ja noch lange nicht stimmen, wenn er behauptet, in dem Restaurant gewesen zu sein. Er kann ebensogut auf der Straße gewesen sein, oder auf einer öffentlichen Toilette.

*Tagebuch des Mörders*

Wir haben das Rindfleisch mit Karotten gegessen, das Mama zubereitet hatte, es war sehr gut, ausnahmsweise, nicht wie das Fleisch von Jeanie, das nie durchgebraten ist. Jeanie soll angeklagt werden, Papa hat es uns gesagt, während sie die Tür aufschloß und wir um das Auto herumstanden. Er hat es uns rasch zugeflüstert. Es ist wegen dieser anonymen Zeugenaussage. Ich frage mich wirklich, wer der Lügner sein könnte, der so etwas behauptet hat.

*Jeanies Tagebuch*

Ich habe den Kommissar gefragt, ob er eine anonyme Anzeige bekommen habe. Er war verlegen: »Die Untersuchung geht voran.« – » Aber haben Sie eine Idee, wer Ihnen das geschickt haben könnte? Ich bitte Sie, sagen Sie es mir, Sie wissen gar nicht, wie wichtig das für mich ist!« (Ich zog ihn am Ärmel, er war ganz rot, der Ärmste.) »Sie wissen, daß Sie wirklich ziemlich betrunken waren.« – »Sagen Sie mir, wer es ist, sagen Sie es, ich werde Ihnen alles erklären.«

Der Hauptmann kam herein. »Ich werde Sie anrufen«, flüsterte der Kommissar mir zu, »ich werde Sie anrufen, sobald ich kann, verlassen Sie sich auf mich.«

Ich warte.

Als ich klein war, habe ich mir immer vorgestellt, daß ich, müßte ich eines Tages jemandem (der Polizei, dem Krankenhaus, der Feuerwehr) die Stirn bieten, um eine geliebte Person zu retten (um ihre Behandlung zu beschleunigen oder sie zu sehen), alles mögliche tun würde; daß ich in ihrem Büro übernachten würde oder schreien oder diskutieren, bis sie mich verstehen würden … und jetzt bin ich die Person, die ich retten müßte, und ich tue gar nichts.

Telefon. Vielleicht ist es der Kommissar. Jemand hat abgenommen. Mal sehen.

*Tagebuch des Mörders*

Telefon. Jemand nimmt ab. Ich höre Jeanie runtergehen, bumm, bumm, bumm auf der Treppe. Unten wird gesprochen. Sollen wir auch nach unten gehen? Jeanie kommt wieder hoch. Sie geht an meiner Tür vorbei. Sie geht wieder in ihr Zimmer. Einen ganzen Nachmittag warten, ich bin ungeduldig. Mal sehen, ich werde alles noch mal nachprüfen.

*Jeanies Tagebuch*

Es ist der Vater von Sharon. Er spricht mit dem Doktor. Der Doktor sieht ziemlich betreten aus.

Ich habe eine Entscheidung getroffen. Nach dem Essen gehe ich in die Garage und verschwinde mit der Karre. Morgen werde ich weit weg sein. Da ich sowieso auf direktem Weg in den Knast gehen werde, kann ich genausogut versuchen abzuhauen. Wenn ich die ganze Nacht durchfahre, kann ich morgen früh ein Flugzeug kriegen und mich irgendwohin absetzen.

Aber mit welchem Geld? Jeanie, du hast einen Kopf zum Denken, also denke, du Trampel!

Der Doktor versteckt in seiner Sockenschublade Geld. (Es ist merkwürdig, daß die Leute ihr Geld oft in ihrer Unterwäsche verstecken.) Ich muß nur dieses Geld stehlen, und dann adieu, Kameraden! Hängt er die Schlüssel vom Kombi eigentlich in den Schlüsselschrank? Ich glaube schon. Beim Runtergehen nachschauen. Meine Tasche packen. Nur das Nötigste.

Das Problem ist er. Muß ihn irreführen. Aber er wird sich wohl schon denken, daß ich nicht wie ein Opferlamm auf ihn warte. Er wird mich genau beobachten. Muß ein Scheinmanöver inszenieren. Ihm irgend etwas verdächtig machen...? Ich überlege.

*Der Mörder*

*Ich langweile mich. Der Nachmittag ist lang. Es schneit immer weiter. Guter Schnee, um Spuren zu verwischen. Falls Du beschlossen haben solltest abzuhauen, Jeanie, könntest Du bei diesem Schnee weit kommen, bevor man Deine Spuren wiederfände. Aber Du läufst ja nicht in den Wald, Du bist eine Frau, Du reist mit dem Zug, dem Bus oder dem Flugzeug, oder im Auto... im Auto...*

*Würdest Du das tun, Jeanie, würdest Du mir das antun? Du, rein wie Gold, Du solltest auf die Idee kommen abzuhauen, mit all diesen schießwütigen Polizisten auf den Fersen, und überhaupt, mit welchem Geld? Wohin willst Du, ohne Geld, na? Aber natürlich, ich vergaß: Du bist ja eine Diebin. Eine dreckige Diebin! Ich habe es ja immer gesagt, ich habe ja immer gesagt, daß sie uns noch unser ganzes Geld stehlen wird, wie unvorsichtig, Doktor, Geld in dieser Schublade zu lassen.*

*Aber letztlich werden wir sie ja doch kriegen, sie niedermachen. Macht sie nieder, sie ist eine läufige Hündin, sie hat das Baby umgebracht, sie hat das Geld gestohlen, man muß sie töten.*

*Immerhin könnte ich sie meine Arbeit machen lassen. Das wäre sicherer. Was hältst Du davon, Opfer? Nein, ich habe eine Aufgabe zu vollenden, und außerdem habe ich zu lang darauf gewartet, ich will Dich verrecken sehen, verstehst Du? Und über Deinem noch warmen Leichnam weinen, mein Engel. Hast Du wenigstens saubere Unterwäsche an, um Gott gegenüberzutreten?*

*Jeanies Tagebuch*

Er hat wieder angefangen. Wieder eine Nachricht, er schiebt sie unter die Tür, ohne daß ich ihn höre.

Er ist ein Teufel.

Wie kann er in meinen Kopf blicken? Wie kann er etwas zur gleichen Zeit denken wie ich?

Ich kann diese Fragen ohne Antwort nicht ertragen.

Ich kann meinen Plan nicht mehr ändern. Ich kann nicht hierbleiben. Morgen werden sie mich verurteilen: Flucht, Bewährungsstrafe, Höchststrafe für das Baby, ich bin in der Klemme. Damit hast du nicht gerechnet, was? Du hast nicht damit gerechnet, daß der Bogen zerreißt, wenn du ihn überspannst. Ich habe nichts mehr zu verlieren jetzt, das ist der Fehler, der dir unterlaufen ist, Herr anonymer Denunziant.

Eine andere Sache: Er benutzt das Zimmer seiner Mutter nicht mehr. Nie mehr. Statt dessen kommuniziert er mit mir, sein Tagebuch ist jetzt einzig mir gewidmet.

*Tagebuch des Mörders*

Vielleicht, Jeanie, mein süßes Nilpferd, hast du ja wirklich vor, mich umzubringen? Aber heute morgen warst du nicht allein, folglich konntest du keine Waffe kaufen. Die Küchenmesser? Könntest du die überhaupt benutzen?

Ich lese deine lächerliche Botschaft noch mal. Wem glaubst du damit Angst einzujagen? Du kannst mich nicht töten. Du kannst nicht jemanden umbringen, der nicht existiert. Du kannst nicht Papier umbringen oder Worte, oder flüchtige Gesten, aber all das kann dich sehr wohl umbringen.

Es schneit so stark, daß man überhaupt nichts mehr sieht. Man fühlt sich wie in einer Polarstation. Als ob wir uns irgendwo in der Arktis verirrt hätten und auf Rettung warteten, die nicht kommt.

Ob sie mich eines Tages wohl kriegen?

Nein, das ist unmöglich, ich bin zu gerissen.

*Jeanies Tagebuch*

*An Kommissar Lucas,*

*Kommissar, ich habe das Baby nicht umgebracht, und es war nicht Andrew, der all die Mädchen umgebracht hat, und Zacharias March ist nicht bei einem Unfall ums Leben gekommen. Hier lebt ein Mörder, es ist einer der Söhne des Doktors. Ich habe sein Tagebuch gefunden, in dem er alles aufgeschrieben hat, aber er hat es mir wieder weggenommen. Ich flehe Sie an, veranlassen Sie eine Untersuchung und Sie werden sehen, daß ich die Wahrheit sage, ich schwöre es, er ist verrückt und will mich umbringen, deshalb verschwinde ich. Sie wissen sehr gut, daß ich verhaftet werde und daß ich nichts zu verlieren habe. Wenn ich Ihnen das erzähle, dann deshalb, weil es die Wahrheit ist. Ich wiederhole: Ich habe keine Beweise, aber ich weiß es. Durchsuchen Sie das Haus, verhören Sie sie, Sie werden sehen, ob ich lüge.*

*Derjenige, der mich denunziert hat, ist der gleiche, der dieses Mädchen in Demburry umgebracht hat und Karen und ihre Mutter und Sharon und die Prostituierte und die Geliebte des Doktors und das Baby und sogar seinen eigenen Bruder und andere, von denen ich nichts weiß, ich schwöre es vor Gott.*

*Es tut mir leid, daß ich Ihnen mit meiner Flucht so viel Ärger mache, aber ich werde meine Chance nutzen. Verzeihen Sie mir.*

*Jeanie.*

*P. S. Ich füge alle Zettel bei, die in meinen Besitz gelangten. Sie sehen ja!*

So, das wäre erledigt. Mickey, (der Briefträger) leert die Briefkästen um 6 Uhr, und wenn er diesen Brief findet, ist die Wahrscheinlichkeit, daß er ihn direkt zur Polizei bringt, diese fünf Minuten später hier eintrifft und mich, ob mit oder ohne Verhör, einsperrt, zehn zu eins! Ich lege ihn hin, wenn ich gehe, das ist sicherer. Und vielleicht hat der Kommissar bis dahin ja angerufen.

Wenn ich dagegen einen falschen Brief vorbereiten würde, einen falschen Brief für die Bullen ... den ich herumliegen ließe ...

Er wird denken, daß ich nicht gehe, solange dieser (falsche) Brief nicht hinterlegt ist. Also, weshalb sollte ich die Autoschlüssel aus dem Schrank nehmen und das Risiko eingehen, daß es jemand bemerkt (der Doktor zum Beispiel, wenn er einen dringenden Anruf bekommt)? Nein, solange ich den Brief nicht deponiere, riskiert er nichts: Ich werde nicht gehen, ohne meine einzige Rache zu hinterlassen. Bravo, Jeanie, du bist auf der richtigen Fährte, such weiter, such ... Es ist zu direkt, ihm diesen Brief vor die Nase zu legen, ich muß ihn verstecken, mal überlegen ... Ich vergesse einfach, meine Tür zu schließen, ich schiebe ihn unter meine anderen Papiere und vergesse, meine Tür zu schließen, nein, nein, ich hab's: Ich stecke ihn unten in meinen Mantel. Er muß allerdings aus der Tasche herausragen.

An die Arbeit! Ich komme wieder nach oben, damit er nachsehen kann, dann gehe ich nach unten und verschwinde gleich nach dem Abspülen, sobald sie im Wohnzimmer sind.

Das ist alles an den Haaren herbeigezogen, ich kann nicht ohne meine Sachen, ohne alles weggehen. Und das Geld, wenn er das Geld aus der Schublade genommen hätte, ich sollte gleich nachsehen? Aber das ist riskant, der Doktor ist unten.

Ich hab's. Ich gehe nach unten und lege einen falschen Brief auf den Tisch mit der Post, die morgen weg soll. Nach dem Essen gehen sie ins Wohnzimmer, ich nehme die Schlüssel an mich, das Geld werde ich kurz vor dem Essen bereits stibitzt haben, ich gehe in mein Zimmer, meine Tasche ist gepackt, ich verschwinde durch das Fenster, ja genau, das ist es, ich knote die Leintücher aneinander und seile mich durch das Fenster ab, tadellos, ich gehe in die Garage und wusch! Adieu, meine Lieben!

Bei dem Schneesturm werden sie mich nicht hören. Vor allem, weil die Straße abschüssig ist und ich im Leerlauf rollen kann. Jeanie, ich glaube, die Sache geht gut für dich aus. Das Problem ist, daß er genau den heutigen Abend ausgesucht hat, um mir das Fell über die Ohren zu ziehen, er hat also mit Sicherheit einen Plan ausgeheckt und überwacht mich, wenn er das nur auf morgen verschieben könnte, wenn ihn irgend etwas dazu zwingen könnte, das auf morgen zu verschieben.

Jeanie, welch gute Idee.

*Hör zu, kleiner Idiot, ich habe eine Neuigkeit für Dich, der Kommissar hat mir gesagt, daß Andrew nicht mehr unter Verdacht steht.*

*Sie halten das geheim, um den wirklichen Mörder in die Enge zu treiben, aber sie sind auf der richtigen Fährte. Du hast Dich für gerissen gehalten, was? Aber Du warst es nicht wirklich. Vor allem, weil ich mit dem Kommissar gesprochen habe, ich habe ihm einige Dinge erzählt, die ihn sehr interessiert haben. Wir sind gute Kumpel, er und ich, ich bin sicher, daß er nur auf eine gute Gelegenheit wartet, um hierherzukommen und ein wenig herumzuschnüffeln. Aber letztlich ist das ja nicht mein Bier, nicht wahr, Du kleines Arschloch?*

Jetzt noch meine Tasche packen und die Leintücher zu einem Seil knoten.

*Tagebuch des Mörders*

Jeanie, Jeanie, du machst mir Kummer. Du bist zu geschwätzig. Zu hinterlistig, zu böse, du bemühst dich geradezu, Ärger auf dich zu ziehen.

Du weißt genau, daß ich nicht telefonieren kann, um herauszukriegen, ob Andrew noch immer angeklagt ist. Ich bin also dazu verurteilt, mich ruhig zu verhalten, nicht wahr? Du willst wohl deine Haut retten, mein Baby? Du amüsierst mich. Deine Terroranschläge amüsieren mich. Es ist, als würde ich deinen Kopf unter Wasser drücken und dich zappeln lassen, es erinnert mich an den armen Zack.

Dennoch, es ist gut gespielt. Werde ich dieses Risiko eingehen? Werde ich warten, bis sie dich mitnehmen und in Sicherheit bringen, bis ich mich am Galgen wiederfinde?

Das wäre dumm, findest du nicht?

Du willst eine Gnadenfrist? Denken wir mal nach: Wann werden sie merken, daß du eine Diebin auf der Flucht bist? Morgen, übermorgen... Wenn du nicht all diese Vergehen auf dem Buckel hättest (Diebstahl, Betrug und jetzt auch noch Mord), hätte ich ein wenig warten können, aber so ist es schwierig, Jeanie, das kannst du doch verstehen, ich kann nicht anders handeln.

Keine Gnadenfrist.

Und laß derartige Zettel nicht mehr auf der Kommode liegen. Das geht mir auf die Nerven.

*Jeanies Tagebuch*

Keine Gnadenfrist. Auch keine Kaffeepause. Jeanie, du kannst dich nur noch in Luft auflösen, um den Kugeln zu entgehen. Ganz einfach, oder?

Schon ist es Zeit, das Abendessen vorzubereiten! Ich höre sie gehen, die Alte hat den Fernseher angeschaltet, da sind sie, sie beeilen sich, sie schreien herum, vier Türen, vier Stimmen, sie sind alle unten, das Stockwerk ist verlassen, und niemand wird vor heute abend wieder nach oben kommen. Das Geld. Das ist der Moment.

...

So, ich habe es an mich genommen.

Weshalb hat er zugelassen, daß ich es nehme?

Ich werde nicht warten, bis sie schlafen, ich werde gleich nach dem Essen verschwinden, während alle vor dem Fernseher sitzen. Die Zeit, bis sie es merken, ist mein Vorsprung, und bei dem Schnee, bei dem Schnee habe ich eine Chance, mich zu retten.

Ich gehe nach unten. Die Leintücher sind vorbereitet. Meine Tasche auch. Ebenso der falsche Brief. Der richtige ist in meiner Tasche. Ich bin aufgeregt wie sonstwas.

# 15 Aus

*Tagebuch des Mörders*

Es ist phantastisch! Alles lief besser als vorgesehen! Sie ist erledigt! Du bist erledigt! Ich bin zu aufgeregt, um zu schreiben. Jetzt werde ich dich fertigmachen. Und all diese Blätter verbrennen. »Die welken Blätter vereinen sich auf der Schaufel und die Jeanies ebenso...« Das Spiel ist aus.

*Jeanies Tagebuch (Tonbandaufzeichnung)*

Hilfe, Hilfe. Ich bin krank, ich... ich habe kaum die Kraft zu sprechen, die Tür ist abgeschlossen, aber ich spüre, daß er dahinter ist, er lauert mir auf, er wartet, ich will nicht ohnmächtig werden, mir ist so schlecht.

Sie haben darauf bestanden, daß ich mit ihnen esse, der Doktor hat Wein serviert, sehr starken Wein und Champagner und Likör. »Kopf hoch, Jeanie«, sagte er, »Kopf hoch, lassen Sie sich nicht unterkriegen, wir sind auf Ihrer Seite« und füllte mein Glas, wieder und wieder, und ich habe Angst, habe Angst, es ist dunkel, alles ist dunkel, weil der Strom ausgefallen ist, ja, der Sturm hat den Strom unterbrochen, aber ich pfeif' drauf, ich haue trotzdem ab. Ich habe den Brief unten hingelegt, der andere ist hier, bei mir, ich behalte ihn, keine Briefmarke, er wird dennoch ankommen, den kleinen Plastikbeutel nehmen... »Trinken Sie, trinken Sie«, und also habe ich getrunken! Die Kälte wird mir guttun.

Kratzen an der Tür. Kratz nur, kratz, mir egal, ich werde nicht öffnen, keine Zeit, wo ist die Tasche, die Tasche? Ich sehe nichts, ich habe sie schön an der Nase herumgeführt, so zu trinken!

Er muß glauben, daß ich zu überhaupt nichts mehr fähig bin. Irrtum, mein kleiner Engel, ich bin daran gewöhnt, betrunken zu sein, und kann mich sehr gut beherrschen. Vollkommen! Das Problem, das Problem ist mein Sehvermögen, ich sehe unscharf, und außerdem ist alles dunkel und undeutlich... Pssst, sie sprechen laut, was sagen sie bloß? Es ist der Doktor...

Er hat gesagt, daß er das Auto nimmt und in die Stadt fährt, ein Notfall.

Jetzt habe ich wenig Zeit, denn ich sage mir, daß alles verloren ist, kein Auto mehr, alles verloren, um so schlimmer, ich rufe den Kommissar an, damit sie mich holen kommen. Polizei! Ich bin wegen Diebstahls gesucht, ich bin gefährlich, schnell, Gefängnis, keine Sekunde länger hierbleiben, aber der Sturm hat die Telefonverbindung unterbrochen, also bin ich gezwungen zu flüchten, bin gezwungen, durch den Schnee zu gehen.

Ich höre Gelächter. Leute, die lachen, die einen Witz machen, sie lachen laut, wer lacht denn da? Das Fenster, schnell, Feuer, nein, kein Feuer, was erzähle ich?

Glaubten, mich betrunken zu machen, arme Irre, mich vielleicht sogar mit Medikamenten zu vergiften. Er kommt die Treppe hoch, er kommt lachend die Treppe hoch, wer ist da? Wer steigt die Treppe hoch? Wer lacht hinter meiner Tür? Es ist der Wolf, es ist der Wolf, ich muß mich beeilen, ich muß wieder zur Besinnung kommen, jemand dreht am Türgriff, es ist abgeschlossen, jemand dreht am Griff, ich weiß es, ich bin nicht verrückt!

Ich schaffe es bestimmt nicht, ich falle runter und erfriere im Schnee, das Leintuch, muß mich gut am Leintuch festhalten, er klopft an meine Tür, schlägt dagegen, schlägt, ich bin draußen, bin klüger als du, A...!

...

So, ich bin unten. Die Kälte raubt mir den Atem, ich fühle mich besser, spüre diesen Brechreiz nicht mehr, sehe besser, aber der Schnee ist so dicht, ich... jemand steht an meinem Fenster, ich sehe eine Silhouette an meinem Fenster, zum Glück bin ich gegangen, er hätte mich umgebracht, die Gartentür, ich... friere... wo ist sie, wird niemand kommen, um mich zu retten, wird mir niemand helfen? Zur Tür rennen.

Ach!

Ich habe Schmerzen. Schmerzen. Schmerzen in der Brust, alles ist dunkel, ich... der Schnee ist kalt, ich bin mitten im Schnee, ich liege im Schnee, ich, etwas Warmes unter mir, warm... es rinnt durch meine Finger... wie ungerecht, ich darf nicht verlieren, ungerechtes, unfaires Spiel, Papa... nicht mein Fehler, ich werde... nein, ich will nicht, höre Geräusche, habe Schnee im Gesicht, Geräusche, ganz nah, jemand kommt, er ist es!

Ich werde es wissen... ein Grinsen... er ist es, ein Atem, ich werde es wissen, sterben, ich will nicht, noch eine Chance, gib mir noch eine Chance... Idiot, sie werden mich finden im Schnee, werden wissen, daß es kein Selbstmord war, werden dich verhaften und hängen, sie werden dich hängen!

Da unten, beim Auto, rufen, rufen, schnell, sie hören mich nicht bei dem Sturm, laß mich los, Dreckskerl, laß los! Da unten beim Doktor, ABER DAS IST UNMÖGLICH, sie sind...

»Wiedersehen, Jeanie, ich hoffe, du glaubst an die Auferstehung...«

Deshalb hatte Sharon gesagt... wie dumm ich bin, ich war die ganze Zeit dumm, hab' es immer gewußt, jetzt ist es zu spät. Adieu, Jeanie, adieu, wenn ich die Straße erreichen könnte... hilft nichts mehr. Verloren, verloren...

Am Morgen des 28. Dezember wurde die Leiche von Jeanie Morgan, einunddreißig, Hausangestellte, in ihrem Zimmer gefunden.

Offensichtlich hat sich die junge Frau durch einen Schuß in die Brust umgebracht.

Die Untersuchung hat ergeben, daß ihr Selbstmord vermutlich mit den ihr unterbreiteten Anschuldigungen zusammenhing. Tatsächlich war Jeanie Morgan wegen Einbruchsdiebstahls gesucht und stand unter dem Verdacht, im Zuge einer Alkoholvergiftung ein Kind im Alter von sechs Monaten getötet zu haben.

Jeanie Morgan wurde auf dem Friedhof der kleinen Stadt beerdigt, in der sich die Tragödie ereignet hatte.

Die Beisetzung fand während eines furchtbaren Schneesturms statt; der schwarze Eichensarg, den die Familie, bei der sie beschäftigt war, finanzierte, wurde von den vier Söhnen des Doktors zu Grabe getragen.

Es gibt im übrigen eine Reihe von Fotos von der Beisetzung, die ein Reporter der ortsansässigen Tageszeitung gemacht hat. Man sieht darauf den Doktor, seine Frau und die vier jungen Männer, die wegen des Schnees mit eingezogenen Köpfen am Gottesdienst teilnehmen.

Auf einem dieser Fotos haben alle, der Doktor, seine Frau

und die jungen Männer, merkwürdigerweise den Kopf erhoben und blicken direkt in die Kamera. Und, aufgrund irgendeines Zufalls, hat man den Eindruck, daß sie lächeln.

# Epilog

Der Mann, im Halbschatten nur schwach beleuchtet, lächelte. Er tätschelte die Akte, bevor er sie auf den Tisch zurücklegte. Ich fragte ihn aus:

»Nun, was ist Ihre Meinung?«

Er antwortete sofort.

»Ich denke, daß das völlig idiotisch ist... Es ist offensichtlich, daß die vier Söhne des Doktors bei dem Mord an diesem Mädchen keine Komplizen gewesen sein können. Sagen Sie, wo haben Sie das her?«

»Ein Freund hat es mir geschickt. Weshalb finden Sie das idiotisch?«

Er ließ seine Finger knacken.

»Weil es gar keine Söhne des Doktors gibt, sehen Sie: weder einen noch zwei noch fünf. Sie sind seit langer Zeit tot. Jeanie war ihre Hausangestellte. Eine treue Seele, aber sehr labil. Alkoholikerin im Endstadium.

Eines schönen Tages waren sie Schlittschuh laufen auf dem See, der zugefroren war. Sie hatte getrunken, sie hat sie vergessen. Sie fuhren zum Spielen auf die gesperrte Seite des Sees, das Eis brach. Die fünf kleinen Kinder, schöne Fünflinge – Sie wissen, daß Fünflinge sehr selten sind? –, ich glaube, sie waren gerade zehn Jahre alt, sind ertrunken. Von diesem Tag an war nichts mehr wie vorher. Die arme Madame und auch der Doktor wurden seltsam, aber für Jeanie war es am schlimmsten. Ich nehme an, daß ihr verwirrter Geist diese schwere Schuld nicht ertragen konnte. Sie stellte sich in ihrem Delirium vor, daß die Kinder immer noch leben, und hat es erfunden, daß sie sie verfolgen; sie fing an zu morden, immer wieder.«

»Das ist ein wenig an den Haaren herbeigezogen, finden Sie nicht? Dann wäre alles falsch?«

»Alles. Abgesehen davon, vergleichen Sie die Schrift. Aber alles, was mit dem menschlichen Geist zu tun hat, ist in der Regel etwas an den Haaren herbeigezogen, nicht wahr?«

Ich stimmte zu. Er hatte verdammt recht. Er lehnt sich mit einem zufriedenen Lächeln in seinem Sessel zurück. Es war mild. Allmählich wurde es dunkel. Ich steckte meine Karte, die mich als Reporter für Kriminalgeschichten auswies, zurück in meine Brieftasche und stand auf. Bevor ich hinausging, drehte ich mich noch mal um, winkte ihm und sagte leise:

»Auf Wiedersehen, Zacharias.«

Er antwortete nicht.

Ich betrachtete dieses Gesicht, das vom aufgehenden Mond schwach beleuchtet war. Die starren Augen glänzten. Der rote Mund verzog sich zu einem grausamen Grinsen und ließ die Zähne erkennen. Seine Hände zitterten.

Ich wandte mich an Doktor Smith. Er zuckte mit den Schultern:

»Das war's. Mehr ist aus ihm nicht rauszukriegen.«

»Er sieht so friedlich aus, trotz allem.«

»Trauen Sie seinem ruhigen Äußeren nicht. Er ist extrem gefährlich. Man darf niemals mit ihm allein bleiben.«

Ich war perplex:

»Aber hat er wirklich...?«

»Wirklich getötet? Ja, er hat wirklich mehr als zwanzig Menschen getötet, und zwar auf besonders blutrünstige Art und Weise, auch diese Jeanie Morgan, das arme Mädchen, die einzige, die etwas ahnte! Haben Sie ihre Tonbandaufzeichnungen gehört? Was für ein verworrenes Zeug!«

Ich hatte Mühe, meinen Blick von dem leichenblassen Gesicht zu lösen.

»Ja, ich habe auch ihr Tagebuch gelesen... Sie konnte den Mörder nicht überführen, denn sie hielt ihn für tot.«

»Er schlüpfte abwechselnd in die Haut eines jeden seiner Brüder, das gestattete ihm, sich nach Gutdünken und unerkannt zu bewegen. Eine Art raffinierte 400-Meter-Staffel. Deshalb verschwanden die Lebensmittel: Wenn er nicht zu Tisch kommen konnte, aß er nachts im verborgenen. Für alle öffentlichen Handlungen in seinem Leben war er gezwungen zu warten, bis einer seiner Brüder ihm seinen Platz überließ. Er wechselte die Frisur und die Kleidung, und die Runde konnte beginnen. Aber er konnte nie etwas Persönliches leben. Er konnte nur die Rollen der anderen spielen. Auch wenn er seinen mörderischen Trieben freien Lauf ließ.«

Ich stellte mir einen Moment diesen Mann als Gefangenen des guten Willens seiner »Zwillingsbrüder« vor. Den Haß und die Verbitterung, die sich in seinem kranken Hirn angesammelt haben mußten. Ich blätterte in meinem Notizbuch eine Seite weiter:

»Wie versteckte er sich im Haus?«

»Er lebte in einem Verschlag, der an das Zimmer seiner Mutter angrenzte. Man kam durch die Garderobe hinein.«

Allein der Gedanke daran, daß dieser blutrünstige Verrückte mit dem eisigen Lächeln die arme Jeanie Morgan durch die Garderobe beobachtet hatte, jagte mir kalte

Schauer über den Rücken. Sich vorzustellen, daß er ihr oft zum Greifen nahe gewesen war.

Doktor Smith begann wieder zu sprechen:

»Verstehen Sie, als seiner Mutter klar wurde, daß er nicht normal war, nach dem Mord an diesem kleinen Mädchen, das bei lebendigem Leib verbrannte, und anderen, ungewöhnlich sadistischen Einfällen, beschloß sie, ihn zu verstecken, um so zu verhindern, daß er geschnappt und für den Rest seines Lebens in eine Anstalt gesperrt würde. Um ihn zu schützen, war sie zu allem bereit, vielleicht, weil er bei der Geburt fast gestorben wäre? Wie auch immer, sie inszenierten diesen falschen Unfall auf dem See: Man ging davon aus, daß die Leiche vor dem Auftauen des Eises nicht gefunden werden könne; danach nahm man an, daß sie die Strömung mitgenommen habe. Das alles war Jeanie Morgan jedoch nicht bekannt. Sie bestatteten einen leeren Sarg und Zack begann sein Leben im verborgenen.

»Aber weshalb kam Jeanie überhaupt zu ihnen?«

»Wegen des Herzanfalls von Madame. Sie brauchte eine Hilfe. Sie dachten, mit ein wenig Geschick würde Jeanie nicht bemerken, daß es einen zusätzlichen Bewohner gab. Sie wußten nicht, daß Zack die Gewohnheit hatte, ein Tagebuch zu führen, und daß Jeanie dieses entdeckt hatte. Für ihn war die Ankunft von Jeanie furchtbar: War er vorher nur für die Außenwelt gestorben, so mußte er von nun an auch innerhalb der eigenen Familie aufhören zu leben! Das muß dazu beigetragen haben, sein Seelenleben zu zerstören und seine mörderischen Triebe zu verstärken. Daß er sich so mit seinen Brüdern identifizierte, lag ganz einfach daran, daß er ausschließlich durch sie lebte. Er hatte an Jeanie ja ausdrücklich geschrieben: ›Ich existiere nicht.‹«

»Was ist aus den Brüdern geworden?«

»Sie behaupteten, von Zacks Taten nichts gewußt und ihn lediglich für ein wenig verrückt gehalten zu haben. Sie wurden freigesprochen. Der Doktor und seine Frau haben sich umgebracht. Er hat sich erhängt, sie hat Schlaftabletten genommen.

Wenn Polizeichef Lukas, der damals Kommissar war, ihn nicht in die Enge getrieben hätte, hätte er tatsächlich ungehindert weitergemacht. Die Haltung von Jeanie Morgan schien ihm merkwürdig, genauso wie die Häufigkeit der Morde und daß sie stets in der Nähe des Hauses geschahen. Selbstverständlich wußte er damals noch nichts von den Aufzeichnungen und den Tonbandaufnahmen.«

Ich unterbrach ihn:

»Wer hatte sie?«

»Man fand sie im Schreibtisch des Doktors, nachdem dieser sich erhängt hatte. Er muß bis zum Schluß versucht haben, seinen Sohn zu schützen, bis zum Zusammenbruch, aber ich weiß nicht, weshalb er sie nicht vernichtet hat.

Aber das war nicht der Grund dafür, daß Lukas ihn schnappen konnte. Nein, daß er ihn erwischt hat, verdankte er letztlich der armen Jeanie!

Tatsächlich hatte Jeanie in besagter Nacht, als sie versuchte durch das Fenster zu flüchten und von Zack erschossen wurde, trotz allem einen Weg gefunden, den Kommissar zu informieren. Sie hatte einen an den Kommissar adressierten Brief bei sich, den Zacharias ihr abnahm. Aber sie hatte auch eine kleine, durch Plastik geschützte Papierkugel bei sich, ähnlich denen, die zur Kommunikation im Gefängnis oder in der Schule benutzt werden. Sehen Sie, das ist die Transkription.«

Er reichte mir ein Blatt Papier, das ich rasch überflog:

*An Kommissar Lukas,*

*ich denke nicht gerne daran, daß ich tot sein werde, wenn Sie das lesen, aber nun gut, so ist das Leben.*

*Ich weiß, daß es nicht sehr vornehm ist, meinen Magen als Briefkasten zu verwenden, aber das ist der einzige Ort, den der Mörder nicht erreichen kann.*

*Jetzt wissen Sie, daß es kein Selbstmord war.*

*Rächen Sie mich.*

*Adieu für immer, ich muß gehen.*

*Ihre Jeanie.*

Für einen kurzen Moment hatte ich das Gefühl, daß Jeanie Morgan anwesend war, ganz nah, dann verschwand das Gefühl. Ich gab Doktor Smith das Blatt zurück, und er fing wieder an zu sprechen:

»Als sie merkte, daß sie sterben würde, verschluckte sie die Kugel. Es gibt keinen gewissenhafteren Briefträger als einen Gerichtsmediziner... Ha, ha, ha! Schauen Sie ihn an. Er ist schön, Zacharias, nicht wahr? Lächelnd, ruhig, freundlich. Das friedliche Gesicht hochgradigen Wahnsinns. Das süße Lächeln der Finsternis.«

Das Guckloch schloß sich langsam vor dem Umriß der Gestalt, die reglos in der Dämmerung saß und leise ein Weihnachtslied summte.

Draußen war Sommer. Ich atmete tief durch, um den Eindruck dieses blutrünstigen, auf meinen Rücken gerichteten Blickes abzuschütteln, und die Welt wurde wieder warm, fröhlich und lebendig.